たべもの九十九《つくも》

高山なおみ

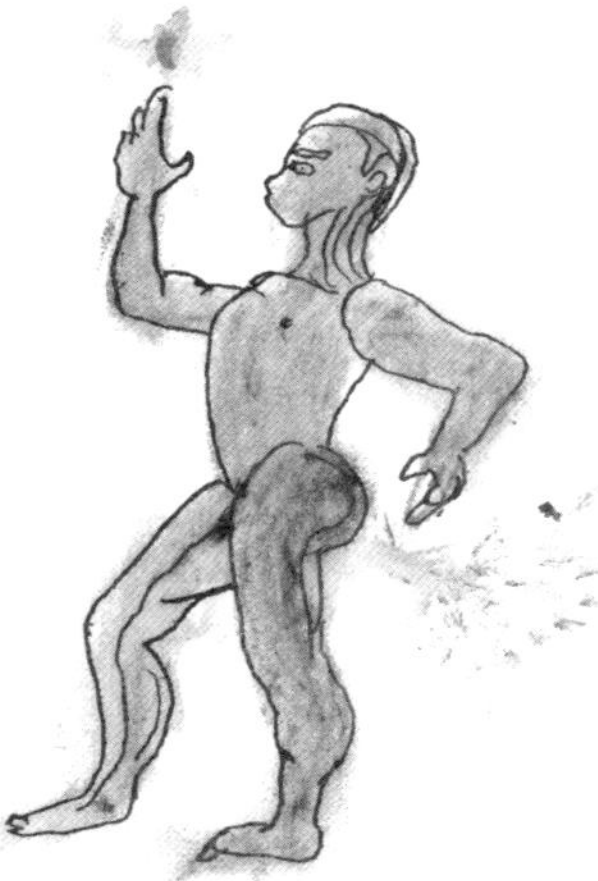

平凡社

たべもの九十九《つくも》

目次

サンドイッチ
HOME MADE
SANDWICH
東海軒

サンドイッチ

あ

アイスクリーム

まだ新幹線などなかったころ、祖母と列車に乗って横浜のおばちゃんの家へ行った。小学校の二年生くらいだったろうか。

途中でとても長いトンネルがあり、双子の兄のみっちゃんと姉と私は轟音《ごうおん》と共に闇にのみこまれてゆく。トンネルから抜けるまで、私たちはテレビアニメの『バットマン』の唄を歌った。サビの部分になるのかな、「♪ヅヅヅヅヅヅヅヅヅヅヅヅヅヅヅバットマーン」というだけの唄。それをくり返しくり返し、エンドレスで歌うのだ。揺れる電車のガタンゴトンと、自分の声がお腹で響き合い、トンネルの長さも時間の長さも怖くなくなる。それでもこのまま暗闇を走り続け、永遠に表《おもて》になど出ないのではないかと不安になったころ、うわーっと明るい光がやってきて、窓いっぱいに青い海が広がった。

おばちゃんは祖母の娘で、結婚する前に東京の音楽の大学に通っていたから家にピアノがあった。音楽一家で、おじちゃんはチェロをひき、私よりみっつ下の従妹はおばちゃんからピアノを習い、小さな従弟はバイオリン教室に通っていた。笑うとえくぼができるおばちゃん。黒いピアノの前に座るとき、薄手の明るい色のスカートの、裾のところがひらりとめくれる。

おばちゃんは料理も上手だった。庭には芝生がしきつめられ、台所のサッシ窓から果物の木が見えた。朝ごはんに赤いケチャップをしぼったウインナーのホットドッグと、甘い紅茶が出てきた。うちは祖父も入れて八人家族が丸いお膳を囲み、朝ごはんは納豆とみそ汁がお決まりだったから、生まれてはじめて食べるホットドッグは絵本のなかのようにおいしかった。

今でもハイカラという言葉を聞くと、私は横浜のおばちゃんのことを思い出す。田んぼや畑、山や丘をいくつも超えて列車に揺られなければたどり着くことができない横浜は、海の向こうにある遠いところだという感じがしていた。鈍行列車を乗り継いで四時間以上かかったのではないだろうか。それは子どもにとって、一日と同じくらいの長さだ。

おばちゃんの一家が私の家に泊まりにきたとき(おじちゃんは留守番していた)、従弟が残した駅弁を私はとても食べてみたかった。縁がピンクのかまぼこや、黄色い卵焼き、エビフライ、シューマイの上にはグリーンピース、ごはんには赤い梅干しがのっていた。幕の内弁当だ。

私は駅弁なんかいちども食べたことがないのに、幼稚園坊主の従弟が大人みたいにひとり分のお弁当を与えられることが、とてもうらやましかった。おばちゃんちの子どもに生まれたら、列車でアイスクリームも食べられるのかな。

どこへ行ったときだか忘れてしまったが、列車のなかでいちどだけカップのアイスクリームを食べたことがある。四年生くらいだったと思う。父が買ってくれた。姉もみっちゃんもひとり一個ずつだ。そのアイスクリームは、カールした髪型の女の子の赤い絵がカップに描かれていた。

森永も明治もその名前を目に、口にするだけで、食べる前から唾《つば》がわいてくるけれど、もしかするとそのアイスクリームは、有名なメーカーのものではなかったかもしれない。牛乳ビンのふたと同じ材質の、それよりも少し薄い紙ぶたの端っこを指でめくると、アイスクリームはどこまでも真っ白で、平らだった。木のさじの先をアイスクリームにさし、ちょっとずつすくってなめる。

その舌ざわりと味は、今でも思い出すことができる。ハーゲンダッツとか、イタリアのなんとかとか、濃厚さや口溶けのよさをうたう現代のアイスクリームでは感じることのできない、牛乳とクリームと卵だけでできた飾り気のない、夢のある、たまらなく懐かしい味。臙脂《えんじ》色のビロードの座席や、飴色の木の窓枠、流れゆく車窓の景色など、列車にしか存在しないものに囲まれているからというのもあるだろうけれど、あのおいしさにはきっと、紙ぶたの匂いも溶け合っているのだと私は思う。

あのふたはボール紙だったのだろうか。ラジオ体操のときに首からぶら下げる、毎朝早起きして通うと赤いハンコを押してもらえるあの厚紙も、同じ匂いの味がした。姉やみっちゃんのはピンとして新品のようなのに、私はいつも端っこを嚙んで歩くので角がめくれ、夏休みが終わるころには、ワラのような繊維がなかからはみ出していた。

数年前にロシアのコンビニのようなところで買ったバニラアイスは、列車のアイスクリームの味に近いものだった。夜の十時を過ぎても暗くならない、六月のハバロフスクのレーニン広場を、女友だちとふたりでアイスを食べながら歩いた。友人の顔にオレンジ色の西陽が当たって、眩しそうだった。

い

いか

はじめて行った外国はペルーだった。私は二十六歳だった。

そこで生まれてはじめて、シェビーチェという料理を食べた。いかやホタテのお刺身を岩塩とライムでしめ、赤玉ねぎの薄切りと細かく刻んだ香菜で和えてある。あと、猛烈に辛い青唐辛しを刻んだものに、ひき立ての黒こしょうも。シェビーチェだけを食べ続けると辛くてたまらないので、楕円のお皿のわきにはいつも、さつま芋に似た味の黄色いじゃがいもを蒸したものが添えてあった。どこのレストランのもそうだった。

香菜のことはペルーではシアントロという。英語読みのコリアンダーを、スペイン語にするとそうなるのだろうか。

子どものころ、粉末ジュースの素というのがあって、メロンやいちごのソーダのほかに、シトロンソーダというレモン味の黄色い粉があった。

シアントロという名をペルーではじめて聞いたとき、シトロンソーダをすぐに連想した。私はこの粉を水には溶かさず、スプーンですくってなめるのが好きだった。いちどにたくさんなめすぎると、ピリピリと舌がしびれ、甘酸っぱい味の泡が口いっぱいに膨らんできて、唇をとじていられなくなる。なめおわるといつも、姉と舌を見せ合いっこした。メロンは緑色、いちごは赤に派手に染まるけれど、シトロンソーダはほんのり黄色くなるくらいだった。

同行の人たちはみな、シアントロが苦手のようだった。私はそのころ中野にあった「カルマ」という無国籍料理店でアルバイトをしていたので、香菜はすでに食べたことがあったのだと思う。どこのレストランに入っても、得意になってシエビーチエを食べた。

「シアントロはたいていの人が嫌がるのに、みいちゃん（当時の私のあだ名）は好きなのね」と、添乗員さんが喜んだ。

本当をいうと私は、シエビーチエもシアントロもそれほどにはおいしいと思っていなくて、でもみんながあまり好きでないものを自分は好きだということで、何か、自己のようなものをアピールしていた気がする。子どものころから私は、そういうところがあった。

「カルマ」のオーナーの丸ちゃんは、メニュー開発のために、よく従業員を珍しくておいしいお店に連れていってくれた。ペルーから帰って何年後だったか、エスニックレストランなど東京でもまだ珍しかったころ、六本木のタイ料理のお店で、タイ風いかのサラダをごちそうしてくれた。

軽くゆでた、やわらかな甘みのあるいかが、赤玉ねぎと刻んだ香菜、赤唐辛し、ナムプラー、レモン汁で和えてあった。ペルーのシエビーチエとほとんど変わらない材料にナムプラーが加わっただけで、こんなにもおいしい料理になるのかと、私は本当に驚いた。

う

うど

夫とふたりで暮らしていたときには、うどが出まわるとそわそわしていたのに、今はそうでもない。

うどは、誰かと食べるとおいしい野菜なのだろうか。

あの鼻にぬける微妙な香り、ほろ苦さ、ほかの野菜にはみつけることができないシャクシャクとした小気味いい歯ごたえ。

吉祥寺に住んでいたころには、散歩コースの千川上水沿いの小道に農家の自動販売機が備わっていて、ほうれん草でも小松菜でも、にんじんでも長ねぎでも、じゃがいもでも玉ねぎでも、ひと通りの野菜はそこで買えた。季節になると菜の花やとうもろこしも出てきた。どの野菜もすべて同じ値段。販売機の野菜が入っている小部屋の穴に百円玉を差し込み、ガチャンとやると扉が開く仕組みだった。

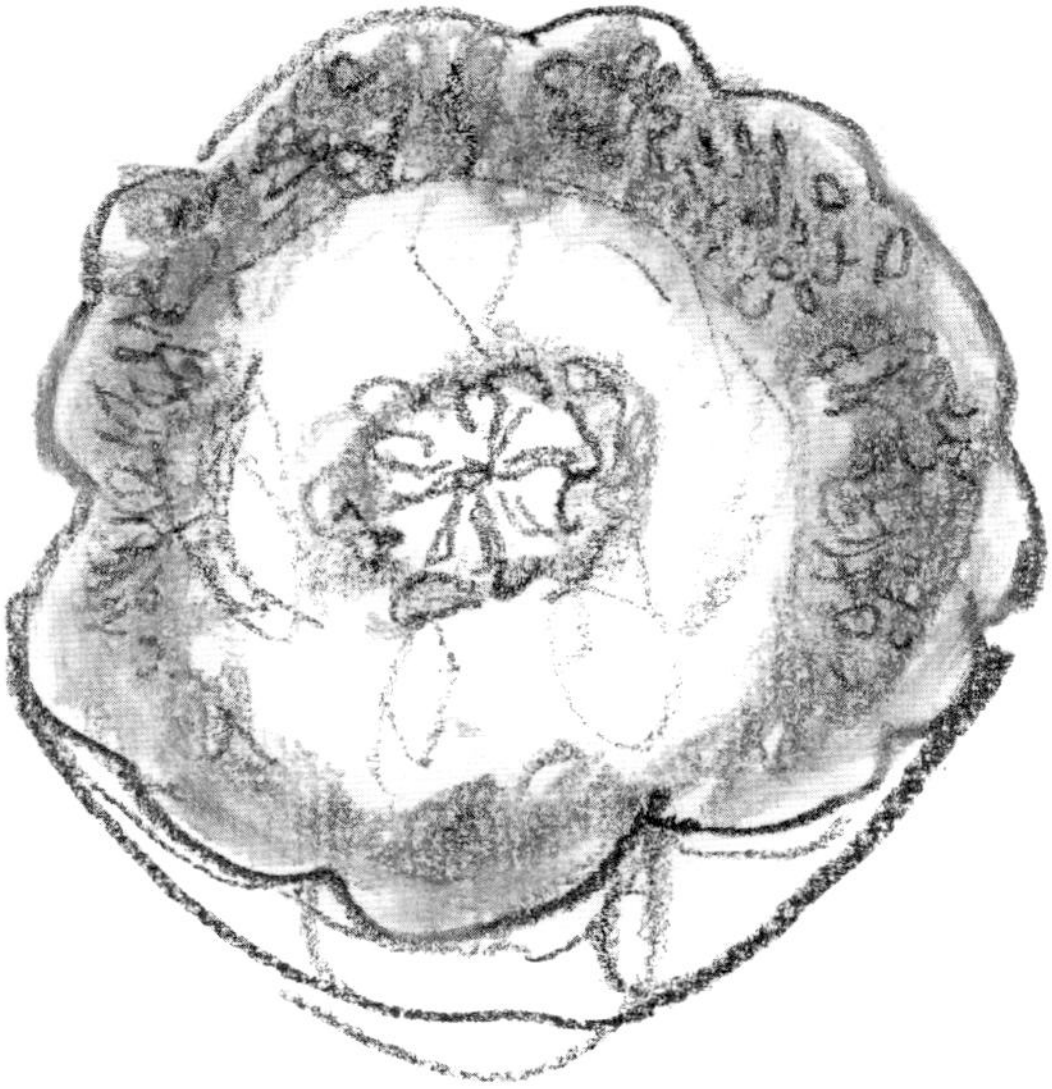

うどはスーパーにあるよりもひとまわり丈の短いのが、ビニールひもで結わえられ、頭をこちら側に横にねかされていた。私はそこを通るたび、どうしてもうどを買わなくてはいけないような気になった。

でも、そういえば夫は、わかめと酢みそで和えても、皮でキンピラを作ってもそれほどにはうどを喜ばず、たくさんは食べなかった。

甘みを抑《おさ》えてこしらえたキンピラは、打ち合わせでいらした編集者のお酒のアテに出したり、近所の友人にあげたりするととても喜ばれた。拍子木に切ったうどを生ハムやスモークサーモンで巻いたり、縦に薄く切ったかぶやきゅうりと取り合わせ、チーズをすりおろして洋風サラダにするのも、雑誌や料理本でよく紹介した。

私はうどに早春の味を感じるような風流な人に、憧れがあるんだと思う。

うどというのは素敵な野菜だ。

◎うど皮のキンピラ（作りやすい分量）

① うどの皮1本分は6センチ長さの細切りにし、水にさらす。軽くもんで水をかえ、ざるに上げる。

② フライパンにごま油小さじ2を熱し、①を強火で炒める。

③ 油がまわったら小口切りの唐辛し1本分、酒大さじ2、みりん大さじ1、薄口しょうゆ大さじ1強を加えて炒りつける。仕上げにいりごま大さじ1を合わせる。

え

えんどう豆

六年生のとき、仲よしグループのなかにまめ子がいた。

ほんとの名前はゆう子ちゃんというのだけど、名字が遠藤だから、えんどうまめ子。丸顔にマッシュルームカット、くりんとした黒目がちの目、見るからにまめ子という感じの子だった。

私たちのグループは彼女を入れて四人。学校帰りにはほとんど毎日まめ子の家に寄り道した。ランドセルを廊下に置いて、むかいの空き地でカンけりしたり、ゴム飛びしたり、ボールけりをしたり。そうそう、学芸会の練習をしたこともある。たしか卒業式の余興のようなものだったと思う。私たちは創作劇をすることになっていて、めいめい台詞のアイデアを出しながら、シナリオらしきものを作っていった。昔話や童話のすじをそのまま劇にしているグループが多いなか、私たちのはなんだかシリアスだった。親に捨てられたかわいそうな女の子が出てくる話で、私がその子の役だった。

まめ子のお母さんは、おやつにいつも袋菓子を用意しておいてくれた。おしょうゆのよくしみた堅いおせんべい、青のりがまぶさった甘辛いあられ、歌舞伎揚《かぶきあげ》や丸い塩せんべい。甘いものだと芋ケンピ、まっ黒なかりんとうに、鈴カステラ。うちでは夕はん前にお菓子を食べると母に叱られる。なのにまめ子の家では台所のテーブルの上に、いつだって当たり前のようにガサッと置いてあった。子どもたちだけで袋をあけ、好きなだけ食べていい。なんて自由なんだろう。私は口さびしいと、筆箱でも、セルロイドの下敷きでも、消しゴムでも、机でも椅子でも何でもかじる卑《いや》しい子どもだったから、放課後が近くなると人の家だというのに、今日は何のお菓子があのテーブルの上にあるのだろう……と、たのしみでしかたなかった。

まめ子の家に、電熱式のゆで卵器が導入されたときには興奮した。

卵の形に丸くへこんだところへ、ぐるりと八個ばかし、私たちはそろそろと細心の注意を払いながらひとつひとつ卵を並べ入れた。神妙な顔をして、まめ子が上からアルマイトの薬缶のお湯を注ぐ。シュンシュンと跳ねるお湯のしぶき。

スイッチが上がるまでじっと待って、できたてのホヤホヤに塩をふって頰ばった。とろ～りと甘い黄身。給食のゆで卵も、遠足のゆで卵も、黄身はいつだって緑がかるほどの固ゆでなのに、まめ子の家で食べるゆで卵は完璧だった。

えんどう豆のごはんは、春になると祖母がよく炊いてくれた。

うちではピースごはんと呼んでいた。私はほんのり塩味の、豆のせいで色が変わった、豆のまわりのごはんが好きだった。

今でも春になると、年にいちどは豆ごはんが食べたくなる。そして、豆ごはんを炊いたら、豚肉のしょうが焼きをおかずに作りたくなる。

それは私が高校生のころ、料理雑誌に載っていた組み合わせだ。そのしょうが焼きは、豚肉に薄く小麦粉をはたいたのを油で焼き、赤味がわずかに残るくらいのタイミングで砂糖、酒、しょうゆ、おろししょうがを加えてからめたもので、焼き汁にほんのりとろみがつくのと、甘めの味つけが気に入っていた。

上京したてのころ、祖母が庭の菜園で採れた絹さやを小さな箱にぎっしり詰めて送ってくれたことがある。絹さやのことを祖母は、さやえんど、と呼んでいた。ゴールデン・ウィークの前だったか、あとだったか、私はまだちっともひとり暮らしに慣れていなくて、夕はんどきになると、近所にいた兄夫婦のところへちょくちょくよばれにいっていた。

ひとりのごはんは、手の込んだものを作れば作るほど、さびしさもわびしさも増えるのを知りはじめたころだ。それでも私は、アパートの小さな台所でさやえんどのみそ汁をこしらえ、畳の上の小さな炊飯器で、西陽に晒されながらごはんを炊いた。

えんどう豆といえば、写真家の川内倫子ちゃんが山ほどのグリーンピースを送ってくださったことがあった。お父さんが家庭菜園で育てているそうで、ダンボール箱にはほかにも野菜がいろいろと入っていた。

私はその山盛りのグリーンピースを使って、ぜいたくなスパゲティーをこしらえた。スパゲティーがふたり分で百八十グラムだとしたら、グリーンピースもその同量の百八十グラムだ。ボウルにバターとオリーブオイル、ちぎった生ハムを合わせておいて、スパゲティーがゆで上がる直前に、グリーンピースを加えて同じ鍋でゆでる。

緑鮮やかなプリップリなのが浮き上がってきたら、ひとつつまんで味をみて、ざるに上げる。

生ハムのボウルにゆで汁を少し加えて和え、おろしておいたチーズもからめる。

倫子ちゃんのお父さんのおかげで、グリーンピースはさやから出したてをゆでると、とんでもなくみずみずしいことを知った。あんまりおいしくできたので、レシピを本で紹介した。

そういえば、『たべる しゃべる』という私の本のなかで、倫子ちゃんをインタビューしたとき、炊飯器で炊くごはんの湯気が、若いころにはさびしい匂いに感じられたと言ってらした。「圧倒的な家庭の匂いがする」からと。

神戸で今、ひとり暮らしをしている私は、ついこの間、豆ごはんを炊いた。

おかずは豚のしょうが焼き。キャベツのせん切りをたっぷり刻んでマヨネーズを添え、かぼちゃやら、えのきやら、大根やら、冷蔵庫に少しずつ残っていた野菜で、具沢山のみそ汁もこしらえた。

◎豆ごはん（4人分）

①米2合はといで炊飯器に入れる。酒大さじ1と塩小さじ½を加え、いつもの水加減にする。だし昆布をのせ、30分ほど浸水させる。

②グリンピースはさやつきのもの（200グラムくらい）を買ってきて、炊く直前にさやからはずし、①の上にのせる。炊飯器のスイッチを入れる。

③炊き上がったら昆布を取り出し、10分ほど蒸らす。

お

おみかんジャム

神戸で友だちになった今日子ちゃんから、おみかんジャムをいただいた。今日子ちゃんは、「MORIS」というギャラリーをお母さんのひろみさんとふたりで開いている、三十代半ばの快活な女の子だ。

六甲駅の近くにある「MORIS」では、作家ものの器やカゴ、外国の台所道具や書などの珍しい展示会をよくやっているので、買い物がてら道路のこちら側からベランダを見上げ、オープンしていそうだとぶらりとのぞく。お店がしまっているときには、緑の植物が育っている窓のむこうで、白いカーテンが引かれているからすぐに分かる。

去年のクリスマスイブの夜、私は早夕はんを食べ、坂の下の教会へキャンドル礼拝に行った。柊《ひいらぎ》と赤い実のついた、アルミホイルでこしらえたお手製のろうそ

く立てを掲げ、小さな灯火ひとつで、知らない人たちに混じって高らかに賛美歌を歌うのは、厳《おごそ》かでとてもいい気分だった。なかにはお腹に響くようなアルトの美声のおじさんもいて、私も背すじをのばし、せいせいと歌った。

礼拝が終わると、婦人会のお母さん方から手作りのケーキと紅茶をすすめられた。ジャムを挟んで粉砂糖をふりかけたスポンジケーキも、チョコレート・ブラウニーもとてもおいしそうだったのだけど、キャンディーをひとつだけいただいて、私はひとり教会をあとにした。水色と白の縞もようの、ハッカ味のキャンディー。子どものころにはドロップの缶でハッカをつかめばハズレだと決まっていたけども、クリスマスと縞々キャンディーの組み合わせは『大草原の小さな家』を思い出すから、その夜のハッカは大当たりだった。

木枯らしの帰り道、舌の上でハッカ味をころがしながら、賛美歌をくり返し口ずさんだ。それは幼いころに、姉とみっちゃんと三人で通っていた教会の日曜学校で教わったのだったか、それとも大人になってからラジオか何かで聞いたのか。メロディーだけよく知っている曲に、とてもいい詩がついていた。

ああベツレヘムよ
ちいさなまち
しずかなよぞらに
またたくほし
おそれにみちた
やみのなかに
きぼうのひかりは
きょうかがやく

「ＭＯＲＩＳ」の窓にオレンジ色の灯りがついていたので、立ち寄ってみた。

おみかんジャムは、その夜に今日子ちゃんがひとりで作っていたのだった。いちど煮てベランダに出してあるのを、鍋ごと囲えるようになっている発泡スチロールの箱のふたを取って、わざわざ見せてくれた。

「こうして冷ましておいてね、明日になったら、もういちど煮るの。そや、なおみさん、カリンのジュレはいりませんか？ この間、こーんなに大きいお鍋でいっぱい作ったの。ほんっとに、宝石のルビーみたいにきれいな赤なんです」

ほんっとに、と言うとき今日子ちゃんは、顔の前で両手をとじ、花を咲かせるようにその手をひらいた。明日が誕生日だと伝えたら、「Happy birthday☆なおみさん」とマジックで書いたテープを巻いて、ほんとうにルビーみたいに赤く透き通ったのをひとビンくださった。

「ＭＯＲＩＳ」ではささやかに喫茶もやっているので、スコーンにクッキー、ガトー・ショコラやチーズケーキなど、いつもなにかしら甘いものがある。季節の果物を使ったタルトやバターケーキもある。

今日子ちゃんは果物づかいがとてもお上手。どれも甘みが控えめで、わざとらしい主張がひとかけらもなく、佇まいが楚々としている。味わいながら私はいつも、修道院のお菓子みたいだなと思う。

ひとことでいうと、大人っぽい。ご本人の今日子ちゃんは、体じゅうでコロコロ笑う犬っころみたいな可愛らしい女の子だけど、もしかしたら私が知らないだけで、ほんとうは冷静沈着な大人の部分をたくさん持っている人なのかもしれない。

そう、おみかんジャムだ。

おみかんジャムは、年が明けて何日かしたころにいただいた。

ひろみさんが、もう使わなくなって何年も放ってあるというイギリスのアンティークの椅子をくださることになって、雪が降り出しそうな寒い夜に、ふたりそろってうちのアパートまで運んでくださった。

いただいたその場でおみかんジャムのふたを開け、スプーンですくって食べた。皮ごとのみかんがほんのりとした苦みをたたえ、酸味も甘みもちょうどよく、なにしろみずみずしい。ちょっと懐かしいような味もした。

食べ終わったあと、あごのつけ根に広がるその懐かしさのもとは、小学生のころ大好きだった肝油ドロップだと気がついた。黄色とオレンジの二種類のうちの、オレンジ色の方。

肝油ドロップなんて、今の若い人たちは聞いたことがないかもしれないけれど、当時は栄養補給のためのものだったのだろう。ひと月かふた月にいちど、給食のあとでクラス全員に二粒ずつ配られるのがたのしみでならなかった。

そんな話をしていたら、「なおみさん、〝とくれん〟って知ってはります？ 神戸の小学校に通ったことがある人に〝とくれん〟てゆったら、目の色が変わりますよ」。それは、温州みかんの果汁が百パーセントの、保存料のいっさい使われていないゼリーなのだそう。

「半分凍って、半分溶けているのを、こうして、シャリシャリって、スプーンですくって食べるんです。休んだ子の分が残ったりすると、もう取り合いです」

神戸に暮らすようになって、私はよく思う。

こっちの人の方言は耳にやさしい。ていねい語が混じっているように聞こえる。確かなことは分からないけれど、たとえば、してはるのはるは、らっしゃるという意味があるんじゃないかと思う。おみかんのほかにも、おをつける名詞をよく耳にする。

子どものころ、母もよくおみかんと言っていた。おこた、おふとん、おざぶとん、おげんかん……何にでも、おをつけた。幼稚園の先生だったせいで、子ども相手にそう言い続けているのがくせになっていることを、父や私たち兄姉妹《きょうだい》からは、耳ざわりだからやめてほしいといつも諌《いさ》められていた。

今は私が、おみかんとか、おしごととか、おへやとか、いいなぁと思いながら普通に言っている。

か

柿ピー

高野文子さんの漫画『絶対安全剃刀』のなかに、「玄関」という短編がある。はじめて読んだのは、「カルマ」でアルバイトをしていた二十代の半ばごろ。先輩が貸してくれた。高野さんとは同世代なのだろうか。昭和三十年代生まれの子どもたちの夏休みの空気を、あんなふうに閉じ込めた漫画(小説も)を、私はほかに知らない。

日陰の台所、タイルの流し、食卓の上の蠅帳《はいちょう》、メロンやいちご味の粉末ジュース、窓辺で蔓《つる》を巻く朝顔、洋服ダンスの上に並べられたガラスケースの細々とした人形。縁側から遊びにくる友だち、朝顔で染めたハンカチ、足踏みミシン、夏服を縫うお母さんの背中、竹のすだれと風鈴、ひまわり、カンナ、鳳仙花《ほうせんか》、白粉花《おしろいばな》……庭にはびこる夏草たちに埋もれた物干立てと、竹の物干ざお。

そうそう、高い段の洗濯ものは、うちの母もジャンプして取っていたっけ。夏休みの私の思い出もまた、透き通ったセロハンが重なるように、「玄関」と混じり合う――。

ござに干された一面の梅干しと赤じそ。茶碗を手に裏口から出てきた母が、ひょいっとひとつつまんで、氷を浮かべた水ごはんの上に梅干しをのせ、縁側でそうめんをすすっている私の隣に腰かける。首に巻いたタオルで汗をふき、「今日も暑いねえ、なーみちゃん」と白い歯を見せて笑う。あのとき母は、今の私よりうんと若く、まだ三十代だった。

母のあの笑顔は、いったいどこへ行ってしまうのかな。

あのころ、パーマの髪によく巻いていた、陽が当たると黄金色に光る百合の花のネッカチーフの母は、どこへ行ってしまうのだろう。

母は今年で八十八歳。まだまだ元気だけれど、髪は真っ白で背中は丸まり、耳もずいぶん遠くなった。

小学校二年生か三年生のころ、私にも仲のいい友だちがひとりいた。

けいこちゃんといった。けいこちゃんはひとりっ子で、いろいろな生きものを家で飼っていた。犬、猫、にわとり、うさぎ、チャボ、カメ、メダカ、鯉、金魚。うちでは父にも母にもいちども漫画を買ってもらったことはなかったけれど、けいこちゃんちには、週刊マーガレットも週刊少女フレンドもあった。リカちゃん人形もスカーレットちゃんもあった。

けいこちゃんちに遊びにいくと、漫画を読んだり、着せ替え人形ごっこをしたり、納屋の前の日陰にござを敷いて寝転び、空に浮かぶ雲が何に見えるか言い合ったりした。

そんなときだ。料理上手なけいこちゃんのお母さんが、お手製のババロアや、プリンや、シャービックや、カラカラと氷の鳴るカルピスだとかをお盆にのせて運んでくれる。玄関を背にした、けいこちゃんのお母さんのやさしげな笑顔や、鼻の横にあったイボまで、私はくっきりと思い出すことができる。

そうだ、柿ピーだった。

「玄関」には、柿ピーのいちばんおいしい食べ方が出てくるんだった。

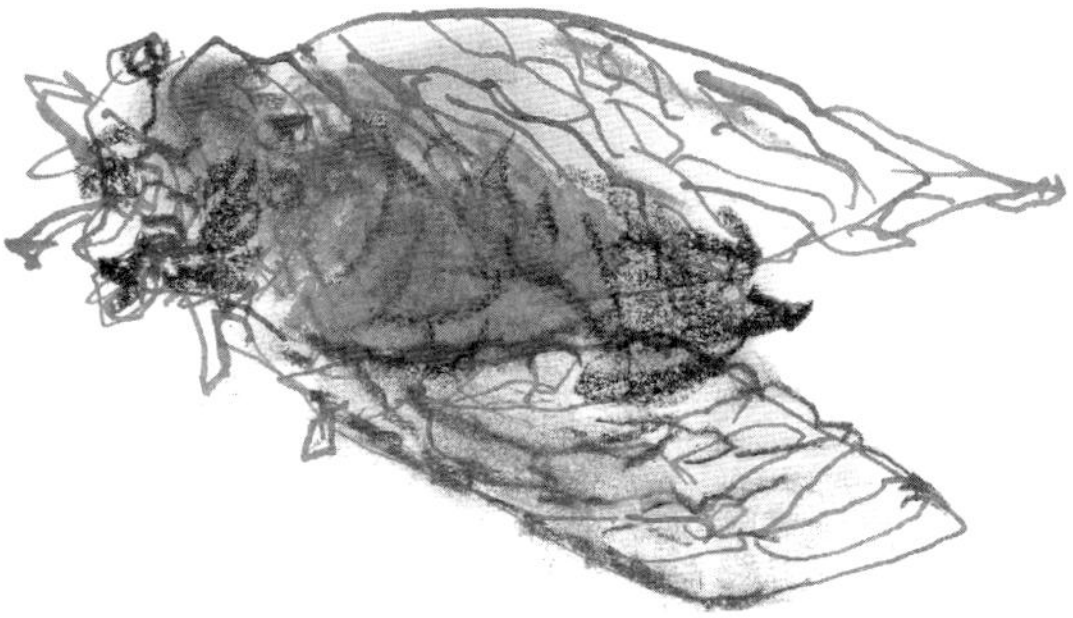

真っ黒に陽焼けしたおかっぱ頭のしょうこが、主人公のえみこに、「かきのタネ3つと　ピーナッツ1つの割合で　同時に食べるのが一番おいしいと思うん」と教える。

えみこは「いくつでもいいじゃん　そんなの数えてないよ」と、答える。

ここを読むたびに私は、繊細で夢見がちなえみこにけいこちゃんのことを重ねてしまう。食べものの好き嫌いがけっこうあったけいこちゃんは、甘えん坊で色白で、運動も苦手だったから。

漫画のおしまいはこうだ。

夏休みが終わります
赤いsoda《ソーダ》の夏休みが終わります

毎日同じ暑さで、同じ声でセミが鳴き、プールから帰ってくると、お昼ごはんはそうめんか冷やごはんにぬか漬け。子どものころには永遠に終わらないと思っていた夏も、お盆を過ぎると風が変わる。
遥か昔のことなのに、とても近い思い出。
何度でもくり返される、なじんだ思い出。
夏休みは、だから、私のなかではいつまでも終わらない。

き

金山寺みそ

行きつけのコープさんで、とても懐かしいパッケージの金山寺みそをみつけた。子どものころにうちの冷蔵庫に入っていたのと同じで驚いた。

それは、アイスクリームのカップと同じくらいの大きさの透き通ったいれもので、ふたに黄色い文字で「禅」と書かれている。

覚えているのは中学生のころだから、かれこれ四十年以上も前から、文字もデザインも、中身の金山寺みその風合いも、その分量も、何ひとつ変わらないというのが信じられない。でも、コープさんの棚には「静岡の昔ながらの製法で作られています」というポップがあり、製造もとを確かめると焼津《やいづ》だったから、私の記憶違いでもないだろうと買って帰った。

祖母はこの金山寺みそが大好きだった。ほうれん草のごま和えやら里いもの煮っころがしやら、その日に並んだおかずをちょこちょことごはんの上に彩りよく並べ、金山寺みそものせて、おべんと、と呼んでいた。毎食、そうやって食べるのをたのしみにしていた。

「今日も、おばあちゃんはおべんとにするだよ」と、おどけたような声が聞こえてきたのは、私の右側からだった。それで、祖母がいつもどの席に座っていたかを思い出した。小柄な祖母は、椅子の上に座布団を何枚も重ねて座っていた。そうだ、家族が卓袱台《ちゃぶだい》を囲んで食べていたのは中学生までで、テーブル席になったのは台所を改築してからだから、あれは高校生のときなのだ。

私が高校を卒業して上京し、夏休みや冬休みに帰省すると、相変わらず祖母はおべんとにして食べていた。

染織の専門学校を卒業し、三年ほど勤めた「グッディーズ」という喫茶店もやめ、ほんの短い期間だったけれど実家で暮らしたことがある。

そのころの私は、部屋にとじこもって本ばかり読んでいた。

実家の何もかもが自分に合わないと感じていた。母ともよく言い争いをしていたし、祖母にも冷たくあたってしまう。子どものころにはべたべたのおばあちゃん子だったのに。近所にある絵本屋さんのショーウィンドーを飾るアルバイトだけが、社会とのつながりだったように思う。

多分、実家にいたのは三ヶ月とか半年くらいだった。すぐにまた東京に引っ越し、その何年後かに一度目の結婚をした。

私は「カルマ」で料理のアルバイトをしながら、染織の個展をしたり、貯めたお金で海外旅行に出かけたりと気ままに生きていた。毎日たくさんの人に出会い、とても楽しかったから、実家へはあまり寄りつかなくなっていた。何かの折りにたまに帰ると、祖母は足腰がずいぶん弱くなり、自分の寝室の炬燵でひとり食事をとるようになっていた。

夫のJさんは祖母のことが好きだったので、よく三人分のおかずをお盆にのせて運び、窓辺のゼラニウムの鉢を眺めながら、お昼ごはんを一緒に食べた。

祖母はとても喜んでいた。

「Jさんは、こんな年寄りの部屋で、一緒にごはんを食べてくれるなんて、やさ

しい人だね。しんじつな人だね。なーみちゃん、大切にしないとね」

それからほどなく祖母は病気で入院し、闘病のあとに亡くなった。

Jさんと離婚したのは、その何年ののちのことだったろう。そして今の夫とも別居し、私はひとり神戸のアパートに暮らしている。

コープさんから帰って、ごはんを炊いて、冷蔵庫にあったひじきの煮たのと、切り干し大根と、金山寺みそをのせ、おべんとにして食べてみた。ねっとりとしたもろみの堅さも、甘じょっぱい濃い味加減も昔のままで、とても懐かしかった。

みそが半分くらいに減ってくると、祖母はぬか漬けのなすを薄く刻んだのや、ひねしょうがを細かくしたのを混ぜていたっけ。

夏になったら私も、みょうがとなすを刻んで混ぜてみようかと思う。

く

串カツとクリーム

東京から遊びにきていた友人と、新開地の喫茶店に入った。ショーケースには焼きそば、焼きうどん（たぶんソース味）、お好み焼き、エビフライ、トンカツ、ハンバーグと何でもあって、オムライスは赤いケチャップのだけでなく、ほうれん草が刻み込まれたホワイトソースや、きのこ入りのトマトソース、カレー、デミグラスソースがかかったものなどいろいろ並んでいたけれど、私たちはついさっき、商店街のはずれにある串カツ屋さんで、私は三本、友人は二本を立ったまま頬ばったばかりだった。

そこは、おじいさんとおばあさん数人がやっている細長いお店だった。間仕切りののれんが一応かかってはいるけれど、奥はたぶんネタを切ったり、切ったものを竹串に差したり、フライ粉をまぶしたりする場所だろう。お肉屋さんにあるような銀色の大きな冷蔵庫、その隣に貼ってある演歌歌手の古いポスター、調理台やまな板の角が、立っている私たちの目の高さから見える。従業員のおばあさんもサンダルばきで行ったり来たりしていて、風通しのいい、なんでもあけ透けな感じのするお店だった。

そろいの上っ張りを着たおばあさんが、串差しにされたネタをバットにのせて奥から出てくると、受け取ったおばあさんは水槽みたいな揚げ油に次々とすべらす。なじみのお客さんと世間話をしながら、菜箸で泳がせるように動かし、いい色に揚がったのを網にすくい上げるとすぐ、しわだらけのおじいさんの痩せた腕がわきからのびてきて、ジュージューと泡立った揚げたてがお客さんたちの前に並べられた。

私は神戸の住人だけど、引っ越して一年だから、まだこういうところには慣れていない。いかをください、と言いながら手をのばした先は、ボール紙に書かれたマジックのイの字の下が、ソースの入った容器で隠れて見えなかった。揚げ場のおばあさんが、「お姉さん、それはイモや」と教えてくれた。

きっと、東京もんの匂いが伝わったんだろう。おじいさんも「食べたい串を自分で取って食べたらよろし。ソースは二度づけ禁止やから、ちょこっとつけるだけじゃダメやで。どぼっと下までつけて、しずくは足もとのダンボールに落としたらええ」と、つっけんどんな早口で教えてくれた。

私はじゃがいもと、玉ねぎと、うずらの卵。友人はいかと、うずらの卵。食べている間にも、次々と常連さんが入ってきて横に並んだ。男客よりも女客の方が多いのは何でだろう。

「おにいさんアップル。あと、イモとエビ」

女のお客さんたちは、おじいさんのことをおにいさんと呼んだ。食べたい串があらかじめ決まっているのもカッコイイ。

アップルって何だろう。

おじいさんが冷蔵庫をヒラリと開け、黄緑色がかった透明な清涼飲料水(レッテルのない細めのビン)を取り出しながら栓をぬいて手渡した。その間、五秒ほどの早業。通《つう》のお客さんは、アップルからラムネをラッパ飲みしながら串カツを食べ、小銭を置いてさっと出てゆく。

黒い半袖Tシャツのおじいさんはいい色に陽焼けして、ちょっと粋な感じのする色男だった。若いころにはもてただろうな。かわいらしいおばあさんたちに囲まれて、おじいさんはアフリカかどこか暑い国の一夫多妻の長老みたいでもあった。なかでも揚げ場のおばあさんは、おじいさんにいちばん近い人だというのが、おばあさんたちの間でも認められている気がした。奥さんなのかもしれないけども。

ちゃんづけで名前を呼び合うおじいさんもおばあさんも、働き続けているうちに年をとっただけで、昔から何ひとつ変わってはいないのだ。

串カツはどれも一本九十円だった。おじいさんの前の代にも色男の旦那がいて、十円だった時代も、三十円だった時代も、五十円だった時代も、この場所で今と同じようにアップルの栓を抜いたり、はじめてのお客さんには、ソースのつけ方を教えたりしていたんじゃないだろうか。

喫茶店ではけっきょく、カフェオレとフルーツサンド、友人もカフェオレとメ

hi-lite

イプルシロップ・トーストを頼んだ。

友人のお皿の端には、白いクリームがくるりんとひと巻き、絞り出してあった。このクリームを、メイプルシロップがたっぷりかかった持ち重りのするバタートーストに塗って食べるのが神戸流なんだと思う、と友人が言った。

本当かどうか分からないけれど、そういえば六甲駅の八幡さまの近くにある、コーヒーのおいしい喫茶店のホットサンドにも、カリカリに焼かれたミミにつけて食べられるように絞り出しクリームがちょこんと添えられていたっけ。缶詰のみかんもふた切ればかし。

それは、生クリームでもバタークリームでもない、懐かしい感じのするクリームだ。生クリームは口のなかでサッと溶けるけれど、しばらく残ってから溶けてゆく。私のフルーツサンド（メロンとバナナが挟まれていた）にも塗られているこのクリームは、いったい何なのかな。私はこれがけっこう好き。ロシアで食べたシュークリームにも、はみ出さんばかりにたっぷり挟まれていた。

子どものころのケーキといえば、いつもバタークリームだった。

クリームイエローという絵の具の色は、まさにあのバタークリームの色。教会のクリスマス会の夜、子どもたちにひと箱ずつ配られるショートケーキには、バラの花を象《かたど》ったクリームが絞り出してあった。先っぽがそり上がった黄緑色の葉っぱも、バラの花のピンクも、どちらともうっすらとクリーム色がかっていた。

カステラはきめが荒く、フォークで切り分けることができないほどぼそぼそだったけど、銀色の小さな玉が散らばった三角のそのケーキを、私たち兄姉妹は満足して食べていた。

小学校の図工の時間に、絵の具のチューブをなめくらべたことがある。目をつむってクリームだと思いながらなめたら、どうしたわけかクリームイエローより白の方が、ほのかに甘い味がするような気がした。

け

けんちん汁

おけんちゃんと祖母は呼んだ。

「今日も〝おけんちゃん〟にするだよ」

大根と、にんじんと、ごぼうと、コンニャクと、くずした豆腐。油揚げや干ししいたけも入っていたっけ。

具がたっぷり入ったしょうゆ味のおつゆを、なーみちゃんとか、みつるちゃんとか、みどりちゃんとか、孫たちの名前と同じように、親しみを込めてそう呼んでいた。だから私はずいぶん長いこと、おけん、という料理なのかと思っていた。

けんちん汁だと知ったのはずっとあとのことだ。

祖母のおけんちゃんはほんのり甘みがあった。

お酒やみりんのほかにも、砂糖を入れていたのを見たことがある。

朝のおつゆはみそ汁で、夜は朝の残りを煮返したみそ汁か、かき玉汁か、おけんちゃんと決まっていたから、私たち家族はきっと、一週間のうちに二、三度は食べていた。もっとかもしれない。

おけんちゃんはいつも、母が幼稚園から慌ただしく帰ってくるずいぶん前、まだ昼間のうちから祖母が少しずつ支度をしていた。白いかっぽう着の背中、手首にはめた輪ゴム、使い込まれた木のまな板、刃が四角い包丁、アルマイトの鍋に、鍋と同じ色のお玉。祖母は母と違って奥ゆかしい人だったから、台所仕事も大きな音を立てなかった。小柄で、肌はつるつるとつやがあり、手の甲にはほとんど肉がついていなくて、青紫色の血管が浮いていた。小さくまとめたお団子の髪、着物の襟もとからのぞく、白い首すじのサロンパスとお灸のあと。

おけんちゃんの味には、祖母の姿がそのまま入っている。

私が作るけんちん汁は、みそで味をつけることもあるし、具沢山のおそばになることもある。柚子こしょうをあしらったり、黒七味をふったり。祖母みたいにいつも同じ味のおけんちゃんを潔《いさぎよ》く作ればいいのに、私はどこか気取っているのだ。

◎鶏と根菜のごまみそけんちん汁（2人分）

①ごぼう10センチはたわしで泥を洗い流し、ひと口大の乱切りにして水にさらす。にんじん4センチもごぼうと同じ大きさの乱切りにする。かぶ1個は葉を切り離し、実は皮ごと4等分のくし形に、葉はざく切りにする。鶏もも肉80グラムはひと口大に切る。

②鍋を強火にかけ、ごま油小さじ1で鶏肉、ごぼう、にんじんを軽く炒める。

③だし汁2カップと酒大さじ1を加え、煮立ったらアクをすくって弱火にし、かぶを加える。ふたをして野菜がやわらかくなるまで煮る。

④みそ大さじ1と½を溶き入れ、かぶの葉と、半ずりにしたいりごま大さじ1強を加えて火をとめる。

⑤器に盛って、柚子こしょうをあしらう。

こ

コロッケ

「♪きょうもコロッケー　あすもコロッケー　これじゃ年がら年中　コロッケコーロッケ」と、母が歌いながら食べていたのは、図書館に行く道すがらの三叉路にあったコロッケ屋さんのコロッケだ。

メンチカツ、アジフライ、ハムカツ、ポテトフライ、うずらの卵フライ、エビフライに白身魚のフライ。コロッケのほかにもいろいろあったのに、うちの家族も近所の長屋の子たちも、買うのはいつもコロッケばかりだったから、みんなコロッケ屋さんと呼んでいた。

白い三角巾をきりりと巻いて、ひとときも休まずに揚げものをしているコロッケ屋のおばちゃんは、いつもニコニコと楽しげで、子どもたちにも人気があった。私は小柄で色白のそのおばちゃんのことを、絵本に出てくる働きものの白ねずみみたいだなと思っていた。白ねずみのお母さんはたいてい、狭い台所でスープの鍋をかきまわしたり、お皿を洗ったり、くるくるとよく働いていたし、三叉路のちょうど三角のところにはまるようにして建っていたコロッケ屋さんも、ねずみのほら穴みたいに小さなお店だったから。

夕はんのおかずに、教会学校のある日曜日のお昼ごはんに、プールで泳ぎ疲れて帰ってきた夏休みのお膳の上に、コロッケは本当に毎日のように登場した。

それでもちっとも飽きることがなかったおばちゃんのコロッケは、小判型というより、楕円の先がほっそりとして、揚げ色も濃すぎず、手の平にすっとのるくらいの大きさだった。お肉はそれほど入っていないけど、その分じゃがいもの味がよくして、カリッと揚がったフライ衣が何度食べても飽きない味。平凡だけど、いつも決まった色の服しか着ない女の人のように、安心できる味。

お肉屋さんのコロッケはちょっと高めで、コロッケ屋さんの倍以上した。ぶ厚くてお肉もたくさん入っているここのコロッケを、母はときどき奮発して買ってきてくれたけど、私はあまり好きではなかった。

お肉屋さんのコロッケは、ひえびえとしたお肉の味がした。揚げたてでも、冷めていても。それは、店の奥にある銀色の大きな冷蔵庫や、そこから取り出される赤い血のにじんだ、脂身の白いところに紫色のハンコが押された豚肉の塊からイメージされる味。つぶしじゃがいもも、みっしり詰まって堅かった。

コロッケ屋さんのおばちゃんのコロッケは、少しくらい冷めていても、かぶりつくとサクッと音がし、口の中でじゃがいもがはらりとほぐれた。

そういえば姉がいちど、「コロッケ屋さんのコロッケは、お肉がぜんぜん入ってないだってよ。茶色いのはじゃがいもの皮を細かくして、ひき肉のふりをして入れてるだって」なんて、よけいな噂を学校から持ち帰ったことがあった。そんなことを言われたって、私の心はちっとも変わらず、おいしいものはおいしかった。噂が本当だったとしても、じゃがいもの皮は香ばしくておいしいから、わざと入れているんだと信じていた。

コロッケといえばお店で買うものだったので、祖母も母もうちではいちども作ってくれたことがない。だから高校生のとき、本を見て私が作った。コーンを入れたり、ツナをほぐして入れたり、プロセスチーズを四角く切って入れてみたりした。俵型がしゃれていると思って、いつもそうしていた。お弁当にも詰めていったし、当時つき合っていた彼の家でも作ったことがある。彼の家はお母さんがいなくて、台所の流しの前のテーブルで、おじいちゃんとおばあちゃんと四人で揚げたてを食べた。

上京して生まれてはじめて、私はたまらなくおいしい手作りのコロッケを食べた。兄の奥さんは料理上手で、ある日夕はんをよばれに行ったら、当たり前のようにコロッケを揚げていた。

義姉のコロッケは厚みのあるまん丸で、姪と三人ではとても食べきれない量が大皿に積み重ねてあった。ナツメグのいい香りがしていた。せん切りキャベツがのっている自分のお皿に、ふたつ取り、またひとつ取って、ブルドックの中濃ソースを遠慮しながら私はかけた。食べても食べても、まだ食べられそうだった。私は美人で話し方も可愛らしい料理上手な義姉に憧れていた。

今でもコロッケはよく買ってくる。

神戸は串カツが名物だし、揚げもの屋さんも多いから、商店街のお肉屋さんの揚げたてを歩きながら頬ばるのもいいし、全国的にあるのだろうけど、カリカリッとした衣のローソンのゲンコツコロッケも、とてもおいしいなと思う。

家で揚げるコロッケは、お店で売っているものとは別の料理だという気がする。カリッどころではない、パンッと張った皮が、バターで甘く炒められた玉ねぎとひき肉のうまみのしみた、はちきれんばかりのじゃがいものおいしさを守っている。

そうしていつも、揚げる段になると、どういうわけだか思った以上に大きいのがたくさんできてしまうのも、家庭のコロッケのいいところ。どんどん揚げて、揚げたてにソースをたっぷりかけ、家族みんなでずんずんどこどこ食べたらいい。

私はこれまでに、料理本でコロッケのレシピを二回だけ紹介した。

ひとつは、いわしのお腹にクリームチーズと青じそ入りのつぶしじゃがいもを詰めて揚げる、いわしの丸々コロッケ。これは西荻窪駅前にある焼き鳥屋さんの看板メニューをアレンジし、シェフをしていたレストラン「クウクウ」のランチにもよく出していた。

もうひとつは、玉ねぎとひき肉をていねいにバターで炒め、ナツメグをふり入れた洋食屋さんのコロッケを目指したもの。ひき肉は牛でなく豚を使うところと、肉の量が少なめなのはコロッケ屋さんの白ねずみのおばちゃんから。まん丸でぷっくりとした厚みのある形とナツメグは、今はもう兄とは離縁してしまった義姉の、あのコロッケの血をひいている。

◎コロッケ（6個分）

① じゃがいも3〜4個はたっぷりの湯で丸ごとゆで、熱いうちに皮をむいてすり鉢でなめらかにつぶす。玉ねぎ½個はみじん切りにする。

② フライパンを中火にかけてサラダオイル小さじ1とバター5グラムを熱し、玉ねぎをしんなりするまで炒める。

③②のフライパンに豚ひき肉80グラムを加えて炒め合わせ、ポロポロにほぐれてきたら塩、黒こしょう、ナツメグをふってしっかりめに味をつける。
④①のじゃがいもに③を加えてまんべんなく混ぜ、6等分にして丸くまとめる。薄力粉をたっぷりまぶし、よけいな粉をはたき落として溶き卵にくぐらせ、パン粉をまぶしつける。
⑤④にあたたかさが残るうちに、180度に熱した油にすべらせる。表面が固まってきたら裏返し、きつね色になるまでカリッと揚げる。

さ

魚屋さん

祖母の好物はまぐろの赤身のお刺身だった。薄切りにしたのではなく、ブツ切りの方。

「やわらかいから、おばあちゃんはまぐろのブツがいちばん好き」と言って、魚屋さんで買ってきては、ワサビじょうゆをくぐらせたのを湯気の立つごはんにのせ、おいしそうに食べていた。たいてい祖父と自分の分だけを買ってきていた。年寄りには薄く切ったものの方がもっとやわらかだったろうけれど、きっと、わが家のお財布には贅沢すぎたのだろう。

買い物カゴを下げた祖母や母に、幼い私もよくついて行った。

まぐろのブツの売り場は店のいちばんすみっこにあった。小窓から注文すると、おばちゃんが経木《きょうぎ》に包み、隙間にワサビを挟んだのを手渡してくれた。

思い出すとその魚屋さんは、ずいぶんと細長い店だった気がする。

私の背丈ほどのガラスケースが延々と伸び、白や緑色のホウローバットには魚や貝が並んでいた。氷にまみれたお頭つきのアジにサバ。アジの干物にイワシのみりん干し。粕漬けの赤魚に、塩の浮き出ているシャケ。いろんな形のさつま揚げと、今では静岡の名物になっている黒ハンペン。父と私の大好物の鯨のベーコン。その向こうにはカツオの角煮、ひじきや昆布の煮たの、甘いタレとゴマをからめたサキいか（辛くはないけれど、今思うと韓国料理のサキいかのキムチに似ている）。五目豆、金時豆、うぐいす豆にポテトサラダ。肉屋でもないのに、フライパンで炒めて食べる赤いホルモン焼きまであった。

ガラスケースは冷気で曇っていて、指でこすると中がよく見えた。頭を押しつけると、ガラスに髪の毛のあとがつくのがおもしろく、調子にのって母に叱られた。そういえば魚屋さんは母の通う幼稚園の隣にあったのに、仕事帰りに立ち寄って買ってくることはいちどもなかったように思う。母なりに、暮らしのけじめをつけていたんだろうか。いつも帰ってくるなりエプロンを巻いて、サンダルば

きの駆け足でパタパタと賑やかに出ていった。

ガラスケースのこちら側は、お風呂場みたいなタイルのたたき。そこがいつも濡れていたような気がするのはドジョウのせいだ。年がら年中ドジョウがあるわけはないから、旬の夏の間だけだったのかもしれないけれど。

大きな木の樽《たる》の中を背伸びしてのぞくと、ドジョウはからまり合いながらうようよと泳いでいた。跳ねた勢いでたたきに飛び出すドジョウもいた。ホースからちょろちょろと流れ出る細い水は透明なのに、樽の中の水はドジョウと同じぬるっとした茶色だった。

たたきには立派なまぐろやイルカが転がされていたこともあった。解体の場に出くわしたこともある。というより、解体の作業自体の記憶は飛んでいて、おじさんがホースで水をかけながら、ゴシゴシとデッキブラシで血を洗い流していたところだけ覚えている。白いタイルの上で、石鹸の泡がピンク色に染まっていた。

ドジョウはごぼうと甘辛く煮てあっても、泥くさいうえに小骨のせいでとじた卵までジャリジャリしていた。甘いみそで煮たイルカは、どろりとして脂っこく、鼻の奥にいつまでも匂いが残る。
私はドジョウもイルカも、あまり好きではなかった。

し

しょうが

冷蔵庫にしょうがあると安心する。

そうめんやざるうどん、焼きなすにはなくてはならないものだし、魚の煮つけがどうしても食べたくて切り身魚を買ってきても、しょうがない！と分かると、慌ててまた出直すことになる。いかのお刺身も、いわしやサンマのお刺身もワサビではもの足りない。

はじめて入った駅前の居酒屋で焼きなすを頼んだら、チューブから絞り出したしょうがが添えてあった。私はとてもがっかりした。チューブのしょうがは水っぽく、墨汁に似た匂いがする。お刺身でも炒め物でも焼きなすでも、すべてをその匂いに染めてしまう。

スーパーの袋入りのまま冷蔵庫にしまうと、しょうがは湿気であっという間に傷みはじめるので、買ってきたその日のうちに裸にし、シンクの上でひと晩空気にさらす。薄皮が完全に乾いてからキッチンペーパーで包み、厚手のビニール袋に入れて野菜室で保存すると、一ヶ月や二ヶ月は平気でもつ。キッチンペーパーがなければ重ねたティッシュでも、新聞紙でも、紙袋でもだいじょうぶ。

中野の「カルマ」で働いていたとき、新しょうがと新にんにくを薄く刻んで、酒とみりんでのばしたみそに混ぜるとおいしいと先輩のヒメ(あだ名です)に教わった。賄い用に作ってくれたそのみそは、食欲が落ちる真夏の厨房でも、ごはんにのせて食べると何杯でもいけた。

私の定番レシピの食欲みそは、ヒメから教わったそのみそに、青じそやみょうがやねぎを刻んで合わせたものだ。夏はそうめん、お蕎麦をよく食べるから、小皿に残った薬味をどんどん加えていったことで生まれたレシピ。

食欲みそをごはんにのせたら、わきに卵黄を落とし、しょうゆをちょっとかけて食べるとまたおいしい。

先日、インスタグラムで食欲みそを仕込んでいる保存容器の写真を載せてらっしゃる男の人がいた。「食欲みそと豆腐をごはんにのせ、冷たい麦茶を上からかけて、みそを溶かしながら食べると最高！」と、あった。

次の日には、丼ものを作ってアップしてらした。スプーンですくった豆腐に刻んだオクラ、かくや（たくあんの細切り）、卵黄、食欲みそが丼ごはんの上に彩りよく盛られ、上から炒りごまがふりかけてあった。

さくら飯というのも「カルマ」時代によく作っていた。

だし汁は使わず、酒としょうゆだけで味をつけたお米に、山盛りのしょうがのせん切りをのせて炊く。尼さんの精進料理の本に載っていたのを見て作ったのが最初だけれど、しょうゆ色のごはんを桜の花びらの色に見立てるなんてしゃれている。

私はそこにごま油を加え、しょうゆは色づけ程度の控えめにして、塩で味をつけたしょうがごはんをよく炊く。ひねしょうがでも新しょうがでも、出まわる季節それぞれの味がして、どちらもとてもおいしい。

そういえばヒメは、食べ物のなかでいかがいちばん好きだと言っていた。食が細く色白で、黒髪をまっすぐにたらした長身の美人だった。いかのおすしやお刺身を私が好きなのは、ヒメの思い出のせいもあるかもしれない。

誰かが好きな食べものを自分も好きになってしまうというのは、嬉しいことのような気がする。

◎食欲みそ（作りやすい分量）

① みそに酒とみりんを加えて好みの味にのばし、ベースのみそ床を作る。

② 新にんにく、新しょうが、みょうが、青じそ、長ねぎ各適量を粗みじんに切って①に混ぜる。

③ 保存容器に移し入れて冷蔵庫で保存し、食べるたびによくかき混ぜる。

※分量の目安は、みそ250グラムに酒とみりんをそれぞれ大さじ2です。

◎しょうがごはん（4人分）

① 米2合はといで炊飯器に入れる。酒大さじ1、塩小さじ½、しょうゆ小さじ1、ごま油小さじ2を加えていつもの水加減にする。だし昆布をのせ、30分ほど浸水させる。

② せん切りにしたしょうが30グラムを①の上に広げてのせ、スイッチを入れる。

③ 炊き上がったら昆布を取り出し、10分ほど蒸らす。

す

すきやき

子どものころにはすきやきといえば豚肉だった。あとの具は長ねぎ、しらたき、焼き豆腐、春菊、しいたけ、それにお麩。

鍋焼きうどんの花模様のついたお麩も特別だったけれど、すきやきのお麩も私は大好きだった。よく味のしみた持ち重りのするのを箸でつかみ、熱々を口に入れると、お肉の味の甘じょっぱい汁がじわっとしみ出す。

牛肉のすきやきを食べるようになったのは、上京してからだ。最初の結婚相手は関西の人だったから当然牛肉で、豚肉など考えられないようだった。

国分寺の駅の近くに石で焼くすきやきのお店があって、冬になるとよく連れていってくれた。

そこのすきやきは本当に素晴らしかった。

最高級の霜降り牛肉は、大きくて厚いのを少しだけ。あとは透き通るようなみずみずしい長ねぎと、焼き豆腐、しらたき、春菊。お店の人が運んでくださるカンカンに熱せられた石の上のなだらかなへこみには、すでに牛脂が溶けはじめていて、まずはそこへ牛肉を広げて焼く。割り下をジュッとからめ、まだ赤いところが半分残っているのを箸で持ち上げ、溶き卵に浸して頰ばる。お肉の味がしみたしらたきも、焼き豆腐も、たまらなくおいしかった。

思えば割り下というものを、私はここではじめて知った。実家のすきやきは、肉や野菜がぐつぐつ煮えている鉄鍋のすみっこに、山盛りの白砂糖としょうゆを加え、食べては足し、食べては足していくものだったから。割り下があると味が安定し、薄まったり濃すぎたりしてがっかりすることもない。

私の料理本に載せた割り下のレシピは、石焼のすきやきをはじめて食べた当時から二十年近くたってできたものだけど、あの店の味がお手本になっていると思う。今でも舌に残って、忘れられない、最高のすきやきだったから。

魯山人が好きだったというすきやきを、友人が再現してくれたことがあった。

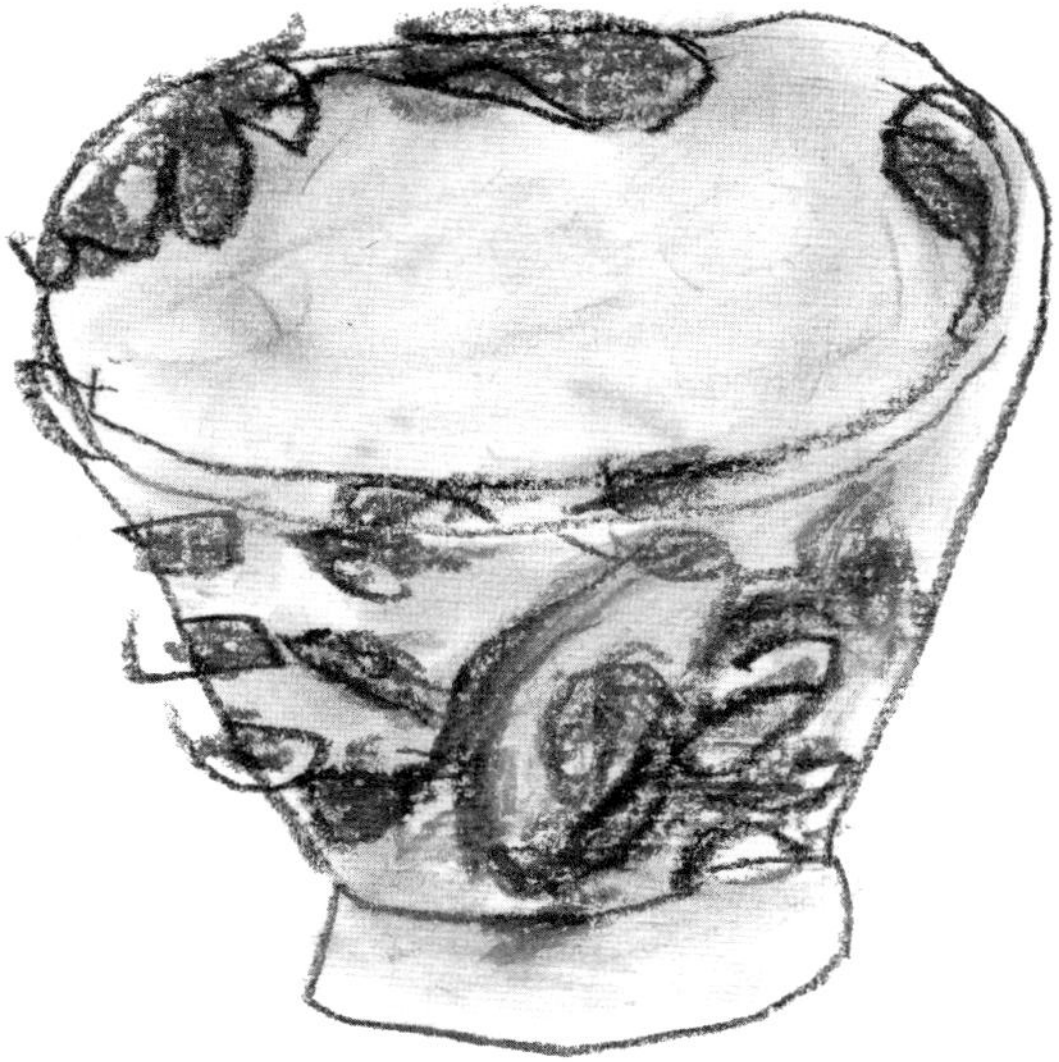

それは、牛肉とねぎだけの簡素極まりないすきやきだ。

まず、みっちり太った真冬の長ねぎを三本、牛肉はひとり二枚か三枚もあれば充分なので、霜降りのおいしそうなところを奮発して用意する。

鉄鍋と同じ高さにねぎを切りそろえたら、鍋の縁にぐるりと立てて並べる。

強火にかけ、鍋の空いたところで牛脂を溶かす。

そこに割り下を注いで煮立て、牛肉をさっと煮からめ、溶き卵にくぐらせて肉だけ食べる。長ねぎはとちゅうで上下を返し、ほどよく煮えたところを食べる。

繊維の管を伝い、肉汁の混じった割り下をたっぷり吸い上げたとろとろのねぎ。牛肉よりもねぎの味を愉しむ粋なすきやきだ。

◎すきやきの割り下（作りやすい分量）
① 小鍋にだし汁、酒、しょうゆ各½カップ、みりん¼カップ、きび砂糖大さじ4を合わせ、強火にかける。
② スプーンで混ぜながらひと煮立ちさせる。
※冷蔵庫で1ヶ月ほど保存可能。

せ

せり

せりは、粋な野菜という感じがする(うどは素敵な野菜と書いた)。クレソンにも似た色濃い緑の葉っぱと茎。野性的な芳香、ほのかな苦み、シャキシャキとした歯触り。澄んだ水の流れる日当りのいい沢や川べりに、まっすぐ立って自生している姿も清々しい。

せりの味や香りには、古めかしい響きが混ざっている。春の七草に数えられているせいもあるからか、なんだか厳かな感じもする。なんとなく大昔からありそうな野菜という気がして調べたら、『古事記』や『万葉集』にも出てくるそうだ。

黒ごまをすり鉢で油がにじむくらいまでよくすって、甘めに味をつけたごまよごしもいいけれど、私はさっとゆがいただけのおひたしが好きだ。緑が映える小ぶりの器に、鮮やかにゆでたのをこんもりと盛り、ごま油をほんの少しかけ、おろししょうがをちょこんとのせる。しょうゆは濃い口でもいいけれど、薄口の方が香りのじゃまにならない。

カキごはんの炊き上がりに一束分を刻んでのせ、ふたをしたら、水で濡らしたしゃもじを手に深呼吸をゆっくり一度、二度。まだシャキシャキが残るくらいの蒸らし加減でごはんに混ぜ込むのも、香り高く色がきれいでおいしい。

春菊や水菜、ニラのどれか一種類をざくざくと刻み、水でゆるゆるに溶いた小麦粉の生地にこれでもかとたっぷり混ぜ、フライパンで焼く薄焼きを私はよく作るのだけど、せりでやってもきっとおいしいと思う。タレはにんにくじょうゆにごま油もいいが、柚子こしょうで食べるのもよさそうだ。この薄焼きはごま油を多めにひき、薄く伸ばして強火で焼くとカリッとする。でも、火加減をあやまってねっちりしてしまったのも、それはそれでけっこうおいしい。

せりは、牛肉のすきやきや地鶏のすきやきなど、甘辛い味にもよく合う。肉の脂と混ざると、口のなかで深いうまみになる。さっぱりもする。

もしも原始時代にせりが自生していたら、マンモスの肉をたらふく食べた人々はみなせせらぎに集まって、口をゆすぐようにせりをむしって食べたんじゃないだろうか。いかにも消化を助けてくれそうな味だもの。

せりを根っこごと味わうのは、秋田の名物きりたんぽ鍋で知った。すきやきのせりも、根もとの茎を二センチほど残し、火が通りやすいよう縦割りにした根っこをさっと煮て食べる。

「クウクウ」で働いていたころ、根三つ葉の根を冷蔵庫にためておき、まとめてきんぴらにしたことがあった。ごま油で軽く炒め、酒、みりん、きび砂糖、しょうゆで煮からめた。根三つ葉の根は三つ葉の香りがするので、砂糖はごくひかえめに。しょうゆもあまり多すぎないように。

まだ試したことはないけれど、せりの香りのする根っこもきんぴらにしたら、いい酒の肴になりそうだ。

◎せりの薄焼き（1枚分）

①　ボウルに薄力粉½カップを入れ、1カップ強の水を注いでダマがなくなるまで泡立器でよく混ぜる。

②　2〜3センチ長さのざく切りにしたせりをたっぷり加え、ざっくり合わせる。

③　フライパンにごま油大さじ1強をひいて強火にかけ、②を流し入れる。フライパンをまわして縁いっぱいまで薄く広げる。カリッとした焼き目がついたらひっくり返し、裏面も焼く。

そ

そうめん

夏休みにプールから帰ってくると、お昼ごはんはほとんどの割合でそうめんだった。

母がずいぶん前からゆでておくので、そうめんは食べるときにはすっかり伸び切って、ざるの上でいつも固まっていた。食べやすいようひと口ずつクルッとなんて巻いてないし。だから当然、いっぺんに箸でつかむことになる。あんまり大きな塊だと箸をふるって下に落とし、お汁にひたしてほぐしながら食べた。

うちのそうめんのざるは水色のプラスチック製で、水が落ちてもいいように受け皿のようなものがあり、透明のふたがついていた。それはそうめん専用のざるだったから、あの時代のそうめんというのは、どの家でもあらかじめゆでておいたのを食べるものと決まっていたのかもしれない。私たちもそんなものだと思って、文句を言わずに食べていた。たまにピンクと黄緑色のめんが一すじ、二すじ混ざっていると、兄姉妹で取り合いになったりもした。

私はだから、子どものころにはそうめんがあまり好きではなかった。

そうめんはゆでたてを食べるものだというのは、兄の奥さんから教わった。あの、料理上手のコロッケのお義姉さんだ。

義姉のそうめんは、すしめしをこしらえる白木の飯台で涼しそうにそよいでいた。庭から摘んできた緑の南天の葉が、氷水にひと枝浮かべてあった。薬味のおろししょうがと刻みねぎ、細く切った青じそは、染めつけの色とりどりの豆皿に盛ってあった。

こんなにおいしいそうめんは生まれてはじめてだった。コシのある細いめんをキリッと冷やしたお汁にひたし、つるつるっと食べた。

上京したての私は、人前でおしゃべりするのが苦手で、電話も満足にかけられなかった。吃音は子どものころよりはましになっていたけれど、対面式のお肉屋さんや魚屋さんで買いたいものを告げようとすると、緊張で声が出なくなる。

なのにいちど、勇気をふりしぼってお蕎麦屋さんののれんをくぐったことがある。その店は、ひとり暮らしのアパートと銭湯までの路地裏にぽつんとあった。前を通るたびにショーケースをのぞいていたから、注文するものは決めていた。吃音のある人にはよく分かると思うのだけど……声にしにくい音としやすい音というのがある。私の場合、サ行とハ行が言いやすく、わりかしするっと出てきた。サ行のそうめんは、お蕎麦屋さんにはなかったので、ハ行のひやむぎを私は頼んだ。ひやむぎはガラスのボウルに入って出てきた。そうめんより太く、まったくコシのないめんが氷水にひたされ、缶詰のみかんがふたつと、薄い輪切りのきゅうりが二枚浮かんでいた。

その姿は、ショーケースにあった蠟細工とほとんど変わりないのだけれど、なんだか私はひどくがっかりした。夕ごはんにはまだ早い夕方、ほかにお客のいないお蕎麦屋さんの西陽が差すテーブルで、ひとりテレビを見上げながらすすった。もう二度と、ひやむぎは頼むまいと思った。

一度目の結婚相手に作ったそうめんは、土ものの大鉢に氷水を張り、雑草だらけの庭に勝手に生えてくるみょうがの葉を浮かべた。義姉の真似をして薬味も小皿にいろいろ用意した。太白の白ごま油が出たばかりで、そうめんのお汁に落とすとコクが出ておいしいのを発見したりもした。

二度目の相手は、そうめんが氷水に浸っているとお汁が薄まると言って嫌がった。糖尿なので、ざるのわきにはもどしたわかめか、色よくゆでた青菜をたっぷりと添え、お汁にひたしてふたりで食べた。

川上弘美さんの『パレード』という短編小説には、薬味をたっぷりとりそろえたそうめんが出てくる。この本は『センセイの鞄』の番外編に当たる小さな物語。

そうめんを、揉《も》むように洗いながら、わたしは包丁を使うセンセイの手元を眺めていた。たまご、みょうが、紫蘇《しそ》、わけぎ、きゅうりの千切り、たたきごま、梅干しの裏ごし、煮茄子《になす》。つぎつぎに薬味ができてゆく。小皿に、一種類ずつ盛る。

(中略)

たまごの黄色と紫蘇の緑、茄子の深い瑠璃《るり》にみょうがの薄紅色。せみがじいじい鳴き庭の桜の葉がさわさわ風に鳴るのを聞きながら、センセイとわたしはそうめんをすすった。二人とも、いくらでも食べた。

暗記したいほどに美しい、お手本ともいうべきそうめんのレシピがここにある。私はこのそうめんを食べてみたくて、ある本で再現したことがある。錦糸卵を焼いて細く細く切り、ごまを煎って包丁でたたき、赤い梅干しを裏ごしにした。斜めに細かく包丁を入れた瑠璃色の煮茄子もこしらえた。ひと口ずつ、クルッとしながらそうめんを盛りつけるのもやってみた。いちどもやったことがないのに、センセイになったつもりで。

そうめんをクルッとするレシピは、こんなふうに書いた。

(ゆでたそうめんを)ざるにとって流水で冷やし、右手の親指、人さし指、中指を影絵のキツネのようにしてひと束つまむ。たれ下がったそうめんを左手でつかみ、キツネの3本指に巻きつける。巻きつけた形のまままくずれないよう左手を添えながら大鉢に置き、そっと指を抜く。

ひとり暮らしにはもの哀しいので、今の私のそうめんはざるにはのせない。ゆでて冷やしたのをどんぶりにあけ、冷たい汁をたっぷりかけたら、薬味はあるものを。青じそ、みょうが、ねぎ、しょうががすべてそろえばもうしぶんないけれど、そのうちのどれかだけでもかまわない。ゆでたオクラを刻んだのや、添付の辛しとタレを半分だけ加えて練った納豆をのせることもある。納豆には、大根おろしと青じそを合わせたらおいしかった。

そうめんが一束しかないときに、絹ごし豆腐を加えたこともある。大根おろしにしらす、薬味はおろししょうがのみ。かさを増やしたつもりが想像以上においしかったので、豆腐そうめんはよく作る。

これを書いている今も、お昼ごはんはぶっかけそうめんだった。薬味は青じそ、みょうが、オクラを刻んだのに、トマトのさいの目切り。わかめものせて、冷蔵庫にたまたまあった卵豆腐も追加してみた。

ひとり暮らしのぶっかけは自由だなあ……と思いながら食べていたのだけど、卵豆腐はやっぱり、そうめんには合わないみたいだ。

た

玉子

レシピでは卵と書くのが決まりだけれど、本当は玉子が好きだ。

玉の子。

卵よりもずっと、ありがたみのある感じがする。

私が子どものころには玉子は貴重品だった。うちは四人兄姉妹だったから、ごはんにかける玉子はいつも、「はんぶんずっこ」して食べていた。八人家族が丸いお膳を囲む朝ごはんの大鉢の納豆も、箸を束にしてよくよく練って粘りを出し、玉子一個を割り入れたら、泡が立つまでふわふわにかき立てる。納豆にはいつも、さばぶしと青ねぎを刻んだのを混ぜた。

玉子かけごはんや納豆ごはんを食べたあとは、粉がふいたみたいに白いのが唇のまわりにかわばりつく。学校で友だちの顔を見れば、(あ、朝ごはんに生玉子か納豆を食べてきたな）と分かる。

祖母のうどんは、玉うどんという太めのゆで麺を甘じょっぱいおつゆでふっくらと煮て、玉子でやさしくとじてあった。具は何にもなし。ねぎもかまぼこもいっさいのせない。風邪をひいたり、お腹をこわしたりして学校を休んだ日、布団にもぐっていると祖母がお椀によそって運んでくれる。寝室のふすまを開け、祖母と一緒に『おはなはん』を見ながら食べるのが、私はとても楽しみだった。おうどん、と呼んでいた。

おうどんは土曜日のお昼ごはんにもよく作ってくれた。土曜日は学校が半ちゃんで終わるから。

双子のみっちゃんはたまごと発音できなくて、「おばあちゃん、今日もたがいもにしてね」と言った。上履きの袋を脇にぶらぶらさせた黒いランドセルをしょって、みっちゃんは出しなに玄関の戸口で言っていた。小学校一年生だったのだと思う。もしかしたら毎週、土曜日のたんびに言っていたのかもしれない。首をちょっとかしげ、体も斜めにして言っていたそのときの表情、甘えた声を、私は今

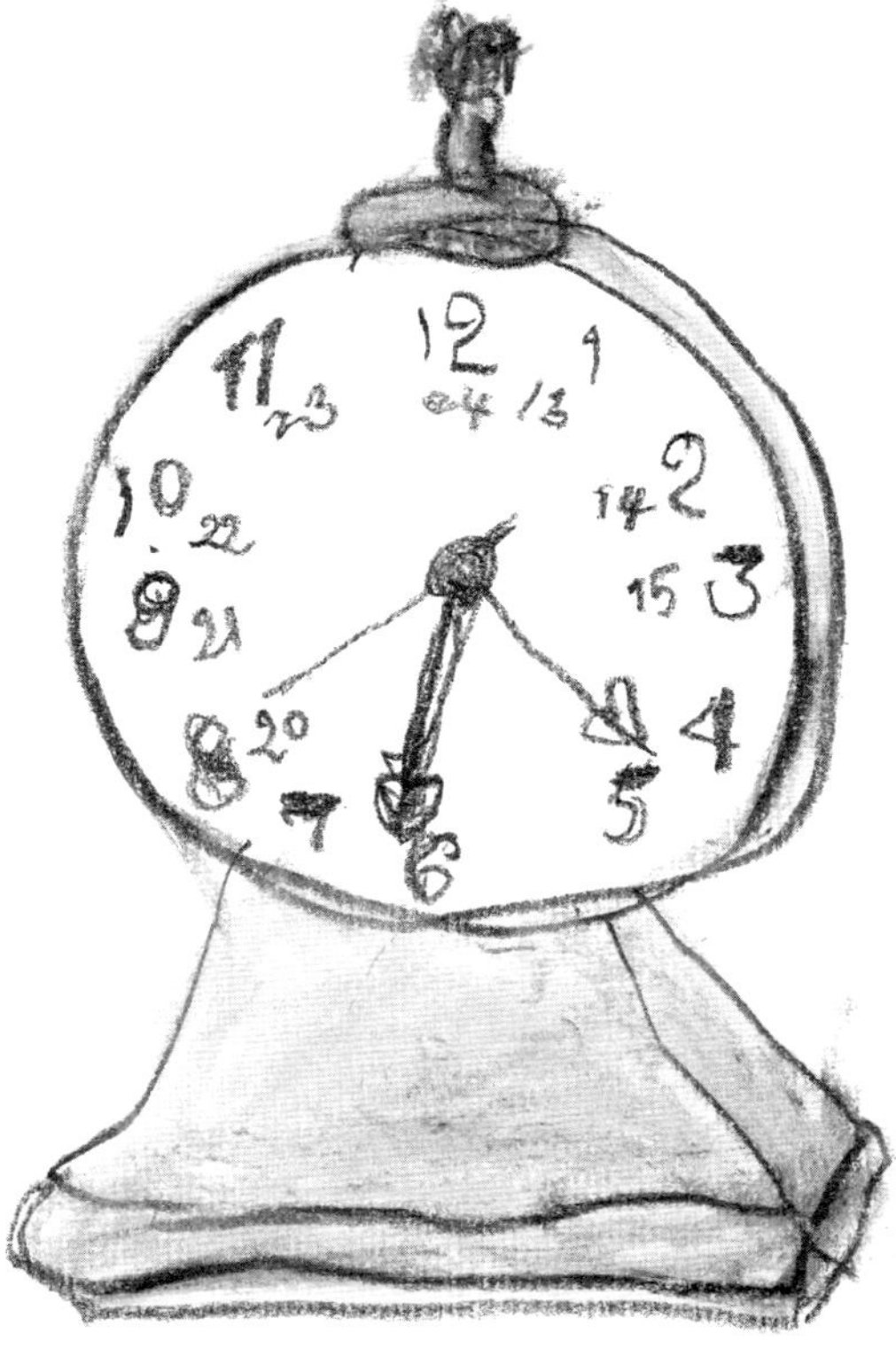

12
1
11
2
10
3
9
4
8
5
7
6
24
13
23
14
22
15
21
20

でも覚えている。みっちゃんは同い年の私から見ても、とても可愛らしかった。前髪を横分けにしてピンでとめたり、ベレー帽をかぶっておでこを出したりすると、女の子みたいだった。

みっちゃんに玉子のお粥を作ってもらったのは、上京して三年目くらいだったろうか。私は美容室の二階から、下北沢の平屋のアパートに引っ越し、「グッディーズ」という喫茶店でアルバイトをしていた。

風邪をひいて熱を出し、心細くなってみっちゃんの下宿先に電話したら、電車に乗ってすぐ来てくれた。おでこのタオルがぬるくなると、枕もとの洗面器でゆすいでのせてくれた。りんごもむいてくれた。

みっちゃんが作ったお粥は、玉子が黄色く、やさしくからまっていた。お盆の上には、のりの佃煮のビン。

今でも、風邪をひいたとき、玉子のお粥にのりの佃煮をのせて食べながら、私はあの六畳間のオレンジ色の電灯の下に、みっちゃんといる。

◎ふわふわ和風オムレツ（1人分）

①ボウルに卵2個を溶きほぐし、牛乳大さじ1、塩ひとつまみ、きび砂糖大さじ1を加えてよく混ぜる。1センチ角に切ったはんぺん¼枚を加え、ざっと合わせる。

②フライパンにバター10グラムを入れて強火にかける。バターが溶けてきたら①の卵液を流し入れ、菜箸で大きく混ぜる。半熟にまとまったらフライパンの端に寄せ、オムレツの形にととのえる。

③フライパンをふせるようにして器にあけ、しょうゆを落として食べる。

ち

チーズ

給食のチーズは、銀紙に包まれた四角いのも、セロハンに包まれたソーセージみたいな棒状のものも大好物だった。

食べながらいつも、私はねずみの家族のチーズを思っていた。ディズニー映画や絵本によく出てくるような、人間の台所から失敬してきた三角形の穴のあいた黄色いチーズだ。それを、ねずみたちはテーブルや椅子、絨毯なんかもちゃんと揃っている、心地よさそうな小さな家の台所で、家族みんなで食べる。

チーズは高級品だから、なかなか食べさせてもらえなかったけれど、父のビールのおつまみをときどきもらった。いつも決まって同じ銘柄の、牧場で草をはんでいる牛の絵が描かれた、黄色っぽい箱に収まったチーズ。チーズの切り方も、いつも同じ。母は一センチくらいの厚さに切ったのに、斜めに包丁を入れ、三角形の切り口を下にして立てて並べていた。

父からひと切れもらうと、私はそのとがったところから、ちょっとずつかじって大切に食べた。猫をわざわざつかまえてきて、一緒に蚊帳に入り、かじりながら小さな欠片をあげたりもした。

夏祭りの晩のチーズのおつまみは、ちょっと豪勢だ。

斜め半分に切った赤いウインナーソーセージと、三角形のチーズを爪楊枝に差したもの。きゅうりでチーズを挟み、爪楊枝でとめたもの。あとは切り込みを入れた花の形のゆで卵に、マヨネーズ。それらが、白い楕円形の大皿に誇らしげに並んでいた。そのお皿は家にある唯一の洋風のもので、金色の線がぐるりに入っていた。お祭りの日は特別なので、子どもたちもチーズのおつまみをせいせいと食べられる。

ちくわの穴にチーズを詰めてフライパンで焼くのは、中学生のころにクラスの友だちから姉が教わってきて、お弁当のおかずの定番になった。

私はこれが今でも好きで、お弁当でなくても思い出してよく作る。まず、四等分に切ったちくわの穴に、ちくわと同じ長さの棒状のチーズを詰める。油をひいたフライパンで転がしていると、そのうちちくわに焼き色がつき、中のチーズもほどよく溶けかかっている。こしょうをふってでき上がりだ。いちど、ピザ用のミックスチーズでも試してみたら、フライパンに全部溶け出してしまい、ちくわの穴には何も残らなかったことがある。これだけはやっぱりプロセスチーズでないと。

ずいぶん前、スタイリストの高橋みどりちゃんとフランスに行ったとき、どこの駅だったか構内にあるテイクアウトのサンドイッチ屋さんで、電車のなかで食べる用の朝ごはんを買った。

店員さんに食べたい具を伝えれば、焼きたてのバゲットにその場で挟んでくれる。みどりちゃんはいちばんシンプルなフロマージュ・サンドを頼んだ。バゲットにカマンベールチーズだけが挟まっている。

背筋を真っすぐに伸ばし(みどりちゃんはいつだって姿勢がいい)、もうずっと前から決めていたように、きりっとした声で、「フロマージュ　ポルファアボー

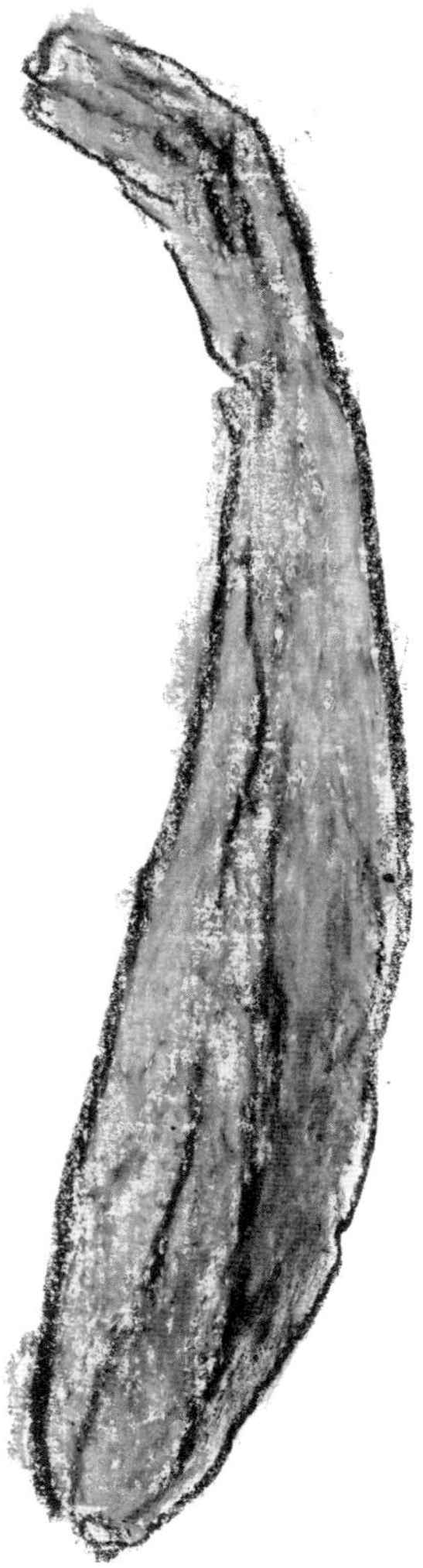

ル」と言った。私は「うーん」とさんざん迷ったあげく、ソーセージとチーズ入りのバゲットと、チキンとハムとレタスのサンドイッチにした。私のももちろんおいしかったけれど、みどりちゃんのフロマージュ・サンドは二色のみの、いかにも潔い色合いだった。

大口を開けて頬ばる姿もカッコよかった。いつか真似したいと思うのだけど、選ぶ段になったら私はまたきっと、ごたごたといろいろな具が挟まったのを頼んでしまうような気がする。

そういえばみどりちゃんは、給食のチーズが嫌いだったと何かの本で書いてらした。

「石鹸みたいな味がして、どこがおいしいのか分からなかった」って。

ロシアで食べたチーズもおいしかったな。

イギリスの植民地だったことがあるから、インドで食べたチェダーチーズもおいしかった。

フランスで食べた青かびの本格的なチーズも、とろけそうなカマンベールも、鼻がひん曲がりそうに臭いのも、大人になってから私もおいしいチーズをいろいろ食べてきた。

けれど、今でも私のいちばんの憧れは、『アルプスの少女ハイジ』のおんじが山小屋でこしらえるチーズだ。

つ

つくね

ごぼう入り大つくねは、鶏のひき肉におろししょうがと長ねぎのみじん切り、片栗粉を合わせて練ったところにごぼうを加える。

ごぼうは、たて半分にしてから斜め薄切りにして水にさらし、肉だねを纏《まと》わせるような感じでたっぷり加える。つくねイコールふわふわだけど、卵を入れないのでちっともふわふわしていない。そして、つくねイコール団子というのも裏切って、ごぼう入り大つくねはフライパンと同じサイズの円盤形だ。

はじめて作ったとき、ごぼうの切り方が大きすぎて丸めづらく、ごま油をひいたフライパンにひとまとめにしたのをドンとのせ、手の平で広げるように伸ばして焼いてみた。これが思いのほかうまくいった。

直径二十三センチくらいの大きさの、焼き目がしっかりついた方を上にしてお皿に盛りつけると、出すたびに驚かれ、食べる人たちから歓声が上がった。めいめいが箸でちぎったものを、辛しじょうゆにマヨネーズを絞ったタレにつけて食べるので、遠慮しながらも取り合いになる。

夫もこのつくねが大好きだったから、私はしょっちゅう作っていた。ときにはごぼうを入れ過ぎて丸くまとまらないこともあったけれど、うちのごはんなので、お皿の上でパズルのように丸く形づくって出した。寒い日には、焼き立てをフライパンごと食卓に出すと、いつまでも冷めない。豚や合いびき肉で試したこともある。でも、やっぱり鶏のひき肉がいちばんおいしかった。ごぼうとの相性なのか、脂が多めの、もものひき肉がおすすめだ。

ふつうのつくねのレシピもある。こちらは卵を入れるのでふわふわ。スプーンですくって、フライパンにこんもり山高に丸く落としたのを両面焼き、甘辛いタレをからめる。

このつくねはたねがとてもやわらかく、丸めようとするとだれてきてしまう。だから、おのずとフライパンに落とすようになった。まとめやすくしようと片栗粉を増やしてみたこともあるのだけれど、みちっと詰まった感じになって、あまりおいしくできなかった。

肉だねをすくうためのスプーンには、油を薄くぬっておくとくっつきにくい。はがし落とすためのスプーンも一本用意しておくといい。

七味唐辛しもいいけれど、甘辛いタレのつくねには粉山椒をふるのが私は好きだ。れんこんをさいの目に切ったのを混ぜても、またおいしい。

◎ごぼう入り大つくね（2人分）

※レシピは本文中にあるので、肉だねの材料のみを記すことにします。

ごぼう½本、鶏ももひき肉250グラム、長ねぎ（白いところ）15センチ、しょうが1片、片栗粉大さじ1、塩、黒こしょう各適量。

◎つくね（2人分）

①ボウルに鶏ももひき肉200グラム、おろししょうが1片分、長ねぎ（白いところ）10センチ分のみじん切り、卵1個、片栗粉大さじ3、塩、黒こしょう各適量を合わせ入れ、ねばりが出るまで練り混ぜる。

②フライパンにごま油小さじ1をひいて強火にかける。①の肉だねを6等分し、スプーンですくってこんもりと丸く落とす。すぐにふたをし、強火のまま焼く。表面が白っぽくなってフライパンに当たる面に焼き色がついたら裏返し、再びふたをして弱火で4、5分蒸し焼きにする。

③中まで火が通ったら、酒、きび砂糖、みりん各大さじ1、しょうゆ大さじ2を加え、軽くとろみがつくまで強火で煮からめる。

て

店屋もん

日曜日の夕方に『サザエさん』を見ていると、店屋もんがよく出てくる。天ぷらそば、天丼、鰻重におすし。

そして、天ぷらそばなら天ぷらそば、鰻重なら鰻重と磯野家は家族みんなで同じものを注文し、食べている(ような気がする)。それがとてもおいしそうで、羨ましくて、じっと見てしまう。

たとえば母の日にカツオが思いつき、マスオさんと波平が腕まくりをして天ぷらを揚げようとするのだけど、タマが台所をかけまわったあげく、粉やら卵のカラやらめちゃくちゃに散らかすだけで大いに失敗。けっきょく天丼をとるはめになる。それはちゃっかり者のカツオの計算ずくめのことだった、とか。そんなたぐいの話がいくつもあった。

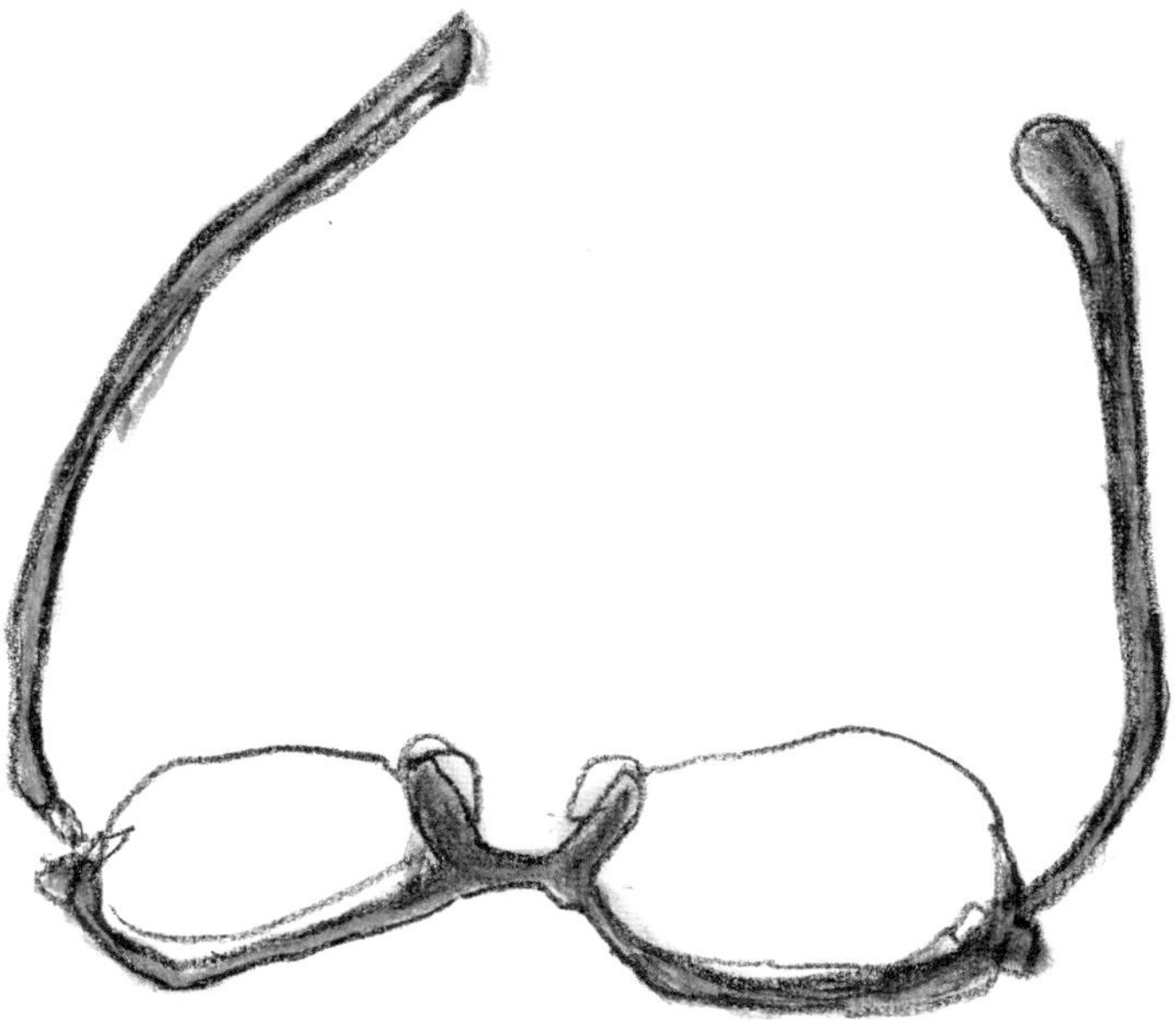

家族には内緒でカツオが勝手に電話をし、出前をとってしまう話もあった気がする。『サザエさん』にはよく似通った話が出てくるけれど、日常というのはそういうものでもあるので、いつ何度見ても、私は飽きない。

電話はなぜか廊下にある。木の台の上にダイヤル式の黒電話がのっている。これは『ちびまる子ちゃん』ちも一緒だ。

私が子どものころにもダイヤル式の黒電話で、印鑑や親戚の名簿など、大事なものがしまってあるライティングデスクの上に置いてあった。私は電話をかけるのが苦手だったから、出前を注文できる小学生のカツオのことを今でもすごいなあと思う。

日曜日のお昼、双子のみっちゃんが電話をしてくれて、中華屋さんでラーメンをとったことがある。母は倹約家だから、どんなに忙しくても何があっても、うちにあるものですませようとする。きっと、たまにはいいじゃないかと父が提案したんだと思う。

うちで出前をとるのは、郵便局の隣にある中華屋さんのラーメンか五目そばのどちらかに決まっていた。ラーメンはしょうゆ味の透き通ったスープで、縁が紅く染まった焼豚、ピンクのうず巻きもようのナルト、半分に切ったゆで卵と四角いのりがのっていた。配達されるまでに麺はすっかり伸び、スープを吸ってしまっていても、私たちにとっては特別なごちそうだった。母はキャベツやにんじん、しいたけにもやし、豚肉などがごたごたと入った、塩味のスープの五目そばが好きだった。

この間、ひさしぶりに実家に帰ったとき、お酒のあとにみっちゃんがラーメンを食べたいと言い出し、私が作ることになった。夜中のラーメンなんてなんだか懐かしかった。中学、高校と、試験勉強をしていてお腹がすくと、台所の小さい電気をつけ、よく私が二人分を作ったっけ。

実家の棚には「マルちゃん正麺」のしょうゆ味が一袋だけあった。具は何もいらないというのでそのまま出したら、のりをのせてくれという。それで、あの出前のラーメンを思い出したのだった。もしかするとみっちゃんもあのときのラーメンの味を覚えていて、忘れられないのかもしれないな、とそのとき思った。

と

とうもろこし

夏はとうもろこしをなるたけたくさん食べたいと、毎年思う。まず、ゆで立てに塩をふり、ハモニカみたいにかぶりつきたい。子どものころにはいつも、みっちゃんと姉と三人で縁側に並び、庭にはびこる夏草を眺めながら食べていた。足をぶらぶらさせて。

生の粒をばらばらにほぐし、酒、塩、ごま油を加えて炊いたごはんは、蒸れたころを見はからって炊飯器のふたを開けると、眩しいばかりの黄色にいつもおどろく。香りよく、甘みもあってとてもおいしい。

ゆでたとうもろこしが残ると、その日のうちに粒をほぐしておく。ひと晩でも放置すると乾いてほぐしにくくなるから。ラップをかぶせて冷蔵庫に入れておけば、しばらくはもつ。

ほぐしたとうもろこしは、バターじょうゆで炒めてもいいし、ちくわ、ひき肉、ころころに切った鶏肉などと合わせてチャーハンにするのもいい。

このチャーハンは仕上げに爪の先ほどの柚子こしょうを加えてもおいしい。バターじょうゆ炒めもチャーハンも、とうもろこしに焦げ目がつくくらい焼きつけるようにすると、香ばしさがだんぜんひき立つ。

残ったゆでとうもろこしでいちばんよく作るのは、メキシカン・サラダ。

雑誌や本でも何度かレシピを紹介しているのだけど、もとはといえばこのサラダは、国立《くにたち》にあったハンバーグ屋さんのサイドメニューだった。前の結婚相手のJさんが、ひとりでいたころから通いつめていた特別なお店。

そこのメニューはステーキとハンバーグの二種類しかなく、どちらも目方で注文する。一ポンドが約四五〇グラムだから、ハーフ（半ポンド）とか、クウォーター（四分の一ポンド）とか。混ざり物のきわめて少ないお肉たっぷりの大きなハンバーグに、どろりとした焦げ茶色のソースがかかったのが、鉄板の上でジュージューいいながら出てくる。そのハンバーグが焼けるのをたのしみに待っている間に、メキシカン・サラダを食べるのだ。

　サラダはいつも、耐熱ガラスのプリンくらいの大きさの器に入って出てきた。ガラス張りの冷蔵庫が客席のわきに置いてあり、ひとつひとつにラップをかぶせたサラダがスタンバイしてあるのが見えた。ログハウスのような茶色い板張りのお店で、赤いギンガムチェックのクロスの上には、透明のビニールがかかっていた。

「ぼく、ここのサラダが大好きなんだ」と、フォークの先ですくいながら大切そうに食べていたJさんは、お酒が呑めない体質だった。

　私もまだ若かったから、ビールのおいしさなど分からなくて、セットでついてくるおかわり自由のコーヒーをいつも頼んだ。コーヒーはアメリカンで、カウボーイが飲むようなホウローの赤いカップで出てきた。

　メキシカン・サラダは作ってすぐよりも、しばらく冷蔵庫でねかしたものの方が味がなじんでおいしい気がする。それはきっと、この店での思い出が擦り込まれているからだ。

ゆでたとうもろこしを指でほぐすのは簡単だけど、生のとうもろこしはちょっとしたコツがいる。

まず、皮をむいたとうもろこしを半分に切る。最初の一列だけ、箸などでほじくるようにして粒を取ったら、次の列に親指の腹を寝かせるように入れ、隙間の空いた一列に向かって倒す。次の列も同じように。

包丁でこそげればすぐだけれど、それだと芯のところに実の根もとが残ってしまって忍びない。指で倒しながらほぐす方法は、ゆっくりと落ち着いてやれば必ずうまくいく。

生のとうもろこしで作るかき揚げは、西荻窪にある「のらぼう」の夏の定番料理。ここはたいへんな人気店なので、なかなか席がとれないのだけど、予約のお客さんがいらっしゃる前の、開店してまもないぽかんとした隙間のような時間に自転車をかっとばし、ひとりでもよく生ビールを呑みにいった。

外のテーブル席で扇風機の風に当たりながらつまむとうもろこしのかき揚げは、香ばしく、カリッとした軽い歯ごたえで、最高だった。

近ごろ、『野菜のごちそう春夏秋冬』という「のらぼう」の料理本が出た。お店のメニューの作り方など公開したら、お客さんが減ってしまうかもしれないのに、店主の牧夫君は分かりやすい言葉で惜しみなく教えてくれている。とうもろこしのかき揚げのレシピも載っていた。おかげでこの夏は、レシピを参考に何度揚げたかしれない。

衣がちょっと硬めなので、混ぜているときに心細くなるのだけど、粉と水の割合が絶妙で、いつもすばらしくカリッと揚がる。これは誰が作っても失敗のないレシピだと思う。枝豆をゆでたのが冷蔵庫に少しだけ残っていた日、ためしに混ぜてみたら、色もきれいでとてもおいしかった。そのときの私なりのレシピを、ここに載せてみる。

◎メキシカン・サラダ（2人分）

① ゆでたとうもろこしのほぐしたものを1カップほど用意する。玉ねぎ1/4個は

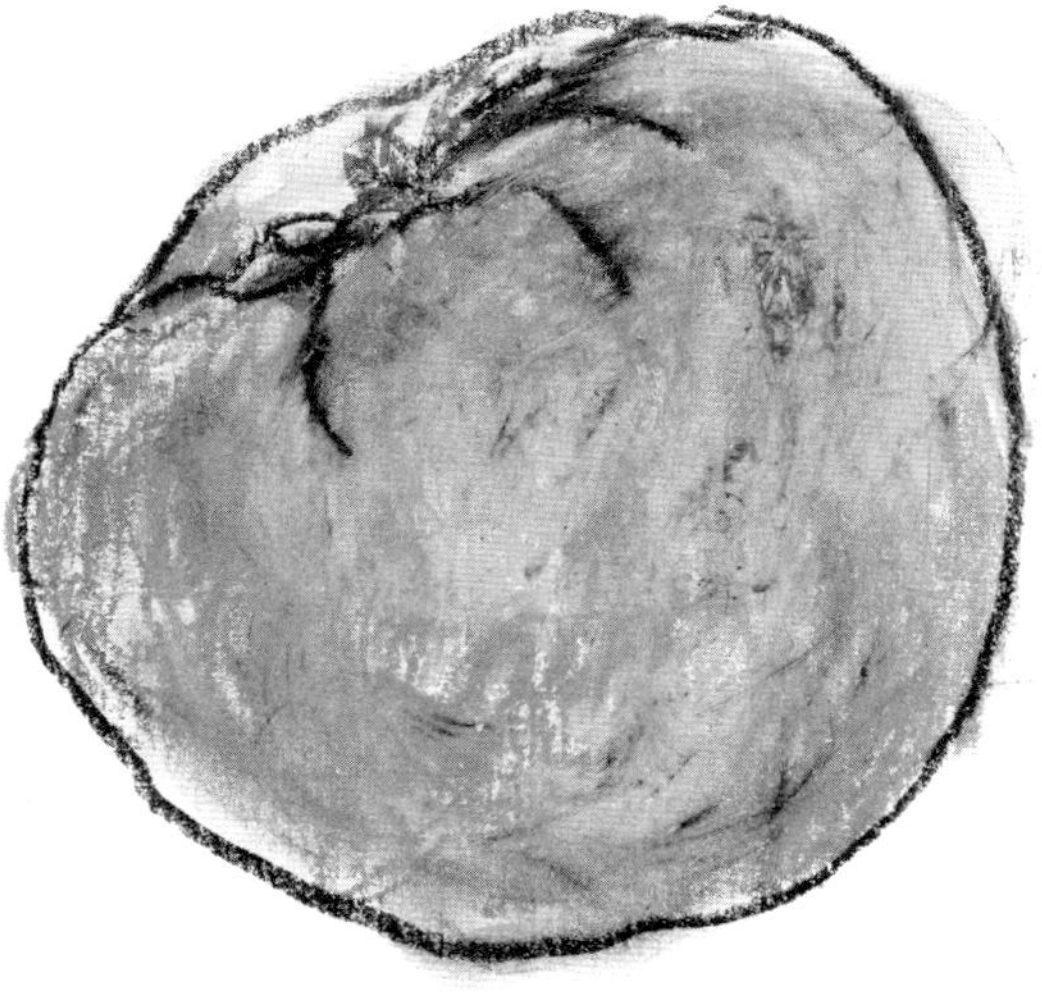

みじん切り、トマト1個ときゅうり1本は、とうもろこしより少し大きめのさいの目に切る。
② ボウルにレモン汁大さじ1、オリーブオイル（サラダオイルでもよい）大さじ3、塩小さじ½、チリパウダー、黒こしょう各少々をよく混ぜ合わせ、①を加えて和える。ラップをかぶせ、冷蔵庫で冷やす。

◎とうもろこしと枝豆のかき揚げ（2人分）
① 生のとうもろこし½本は実をほぐす。枝豆をゆで、さやから出しておく（ほぐしたとうもろこしと同じか、少ないくらいの量）。
② ボウルに①を入れ、薄力粉大さじ6と片栗粉大さじ2を上からふってまんべんなくまぶし、40ミリリットルの水を加えてさっくり混ぜる。
③ 揚げ油を中温（170度）に熱する。②をスプーンですくって直径5センチくらいの大きさになるよう木しゃもじの上で形づくり、油にすべらせるように静かに落とす。たねが浮いてきたら上下を返す。菜箸で持ってみて、カラッと軽くなったら取り出し、油を切る。塩をふるか、酢じょうゆにつけて食べる。

な

なす

いちばん好きな野菜は、なすかもしれない。

焼きなすに天ぷら、麻婆なすに焼きなすの赤だしみそ汁。

ごま油でさっと炒めたのにしょうゆと酒、水を少し加え、黒っぽくなるまでくったりと煮たのには、火をとめてからしょうがをすって合わせる。これは夫の好物で、おかずがほかにあってもそればかりに箸がいき、残さず食べてくれた。できたてよりも冷めたくらいの方がおいしいので、私はいつも昼間のうちから作っておいた。

たてに厚切りにしたのを、フライパンで油をしみ込ませながらジリジリと焼いて、しょうゆと七味唐辛しをふりかけたのは、毎日でも飽きずに食べられる。

六甲の「いかりスーパー」には、夏になると京都大原の朝穫りなすがバラ売りされる。紫紺色のぷっくりと皮の張ったいかにもみずみずしいのを二本だけ買ってきて、その日のうちに焼いて食べる。焼きなすにしても、フライパンで焼いても、絹のような身がねっとりとなめらかでこたえられない。

そういえば、実家ではフライパンの方を焼きなすと呼んでいた。さばぶしがいつもふりかけてあった。皮がまっ黒になるまで直火で焼く焼きなすは、実家では作ったことも食べたこともなかったような気がする。あんなにおいしいのに。

「カルマ」でアルバイトをするようになって、初日に教わった料理がキーマカレーだった。インスタントのルウをまったく使わない本格的なカレーで、油で炒めた大きめのなすが、ひき肉と同じくらいに煮くずれるまでこっくりと煮てあった。

作り方はまず、にんにくとしょうがから順番に、粒状のスパイスをすり鉢でつぶす。しょうがの次は赤唐辛しをつぶし、黒こしょう、カルダモン、フェンネル、クミン、ディルの順だったろうか。コツコツカツカツと、ごまをあたる用の家庭にもあるような普通のすり鉢で。

スパイスをつぶすときには、何かのお酒をわきに置いて、お客さんとおしゃべりしながらのんびりやっていたような気がする。店で働いている間は生ビールをいくら呑んでも自由だったし、自分用の酒ビンを、仕入れ値でボトルキープすることもできた。アルバイトはみな女の子ばかりだったから、料理をしながら呑む量もたかが知れている。私はまだ若く、ビールくらいしか呑めなかったけど、ふたつ上の先輩がバカルディーのラムをキープしていて、一緒に働くとよく私のグラスについでくれた。

さて、キーマカレーの続き。

大量の玉ねぎを中華鍋で茶色くなるまでじっくり炒めたら、すりつぶしたスパイスを加えて炒め合わせる。香りが立ったところに粉末のスパイスを調合したのを加え、強火で炒りつける。このとき、店のなかがスパイスの香りでいっぱいになる。厨房の換気扇だけでは間に合わないので、くしゃみをしながら入り口のドアをよく開けに行った。そして、トマトの水煮缶を手でくずしながら中華鍋に加え、どろりとするまで煮込む。

私たちはスパイスと玉ねぎとトマトのどろりとしたこのペーストを、マサラと呼んでいた。マサラまで前日に仕込んでおけば、次の日の早番の子が、ランチの合間に仕上げてくれる。

「カルマ」をやめてから、めっきり作らなくなってしまったけれど、あれは本当においしいカレーだった。毎日食べても飽きない味だった。

ムサカも教わった。

「カルマ」のは本場のギリシャ料理に忠実に、ドーム型にしていた。

小麦粉をまぶして炒めたなすの、皮の部分だけをステンレスのボウルの側面にはりつけるから、オーブンで焼いて冷ましたのを大皿にひっくり返して盛りつけると、黒い山のようになった。ちょっとギョッとするような色なので、赤いトマトソースを山の頂《いただき》にのせて飾った。

ケーキみたいに三角に切り分け、白いお皿に倒して盛りつけると、ラムのひき肉のミートソースとなすが層になっていてなかなかきれいだった。ムサカは冷めたものを食べるのが本式らしく、お客さんに出すたびに、焼きたての方がおいしいのに、と思いながら切り分けていた。

私のムサカは、小麦粉をまぶして油をしみ込ませながら焼いたなすと、マッシュポテトとミートソースを段々に重ねたら、いちばん上にはホワイトソースをかぶせる。チーズを散らして焼き目がつくまでオーブンで焼き、焼きたてのふつふついっているところを取り分けて食べる。タバスコをふって食べてもおいしい。ムサカは「冷やしたもの」という語源があるそうだから、これはもうムサカとは呼べないかもしれないけれど。

神戸に来てからはなすのフライが好物になった。

串カツ屋さんでなすがあると必ず頼む。

なすだけをフライにするのはパン粉がはがれそうで、自分では試してみたことがなかったのだけど、小麦粉を卵と水でドロドロに溶いたものにくぐらせてからパン粉をまぶせば、みごとに黄金色に揚がる。

うちに絵本の編集者が打ち合わせでいらっしゃったとき、串カツ屋さんごっこのようにいろいろなネタを次々と揚げ、台所に取りつけた簡易カウンターで立ったまま食べた。ウインナーソーセージ、玉ねぎ、れんこん、かぼちゃ、じゃがいも、なす。ソースは神戸産のウスターを、串カツ屋さんふうに深めの鉢にたっぷりと入れ、揚げたてをポチャンと浸して食べた。あのときも、なすはやっぱりおいしかった。

子どものころ、母は祖母に教わりながら精進揚げをよく作っていた。玉ねぎと桜エビのかき揚げ、にんじんとごぼうのかき揚げ、ピーマン、さつまいも、なす。早いうちから揚げるので、いつも夕はんどきにはすっかり冷めて、しんなりとしなだれかかったなすの紫が、お皿に敷いた和紙に染まっていた。天ぷらというのはそういうものだと思っていた。私は酢じょうゆかソースをつけて食べるのが好きだった。

精進揚げの翌日は、残った天ぷらを砂糖じょうゆで甘辛く煮からめたものを祖母がよく作ってくれた。

これは今でも私の好物。ひとりになってからとくに、食べたくなる。

濃い味つけのふやけたような甘じょっぱい天ぷらは、熱々よりも冷めているくらいの方がごはんに合う。

に

にんにく

子どものころ、晩酌のつまみに父がよくにんにくを焼いていた。

いつも決まって座る、父のこたつの場所。その右わきに七輪を寄せて。

夕はんを終えたあとの家族団らんの時間、私たち兄姉妹はテレビを見ている。

父との約束で、ＮＨＫか教育テレビのどちらかしか見てはいけなかった。

父はちびちびと盃を重ねながら、熾《お》き炭の下に皮ごとのにんにくをくべておく。

ひと粒焼き上がると、またひと粒くべる。焼けたのを手の平に転がし、指先をとがらせて皮をむき、みそをつけてはつまんでいた。

私がねだると、台所に向かって声をかける。

「母さん、なおみも食べたいだって。もう少し、にんにくとみそを持ってきてくれるかね」

お風呂上がり、香ばしい匂いがして、にんにくはちょうどよく焼けている。小さいのをみつくろって、ヤケドしないよう父がふーふーと息を吹きかけ、みそをつけたのを私の口に放り込んでくれた。

にんにくは精が強いから子どもが食べ過ぎると鼻血が出るとか、頭が悪くなるからとか、母にはぶつぶつ言われていたけれど、父の焼いてくれたにんにくなら、私はいくらでも食べられそうだった。

ねっとりと濃厚で、それは本当においしい食べものだった。

夜寝る前でないと、そして、焼いてもらうのは母でも祖母でもなく父でないとならない特別な味。

にんにくを焼く父のことを思い出したのは、近ごろ、草野心平さんの本を読んだからだと思う。

にんにくを薄切りに切って、牛鍋にオリーブ油をひいて、その上に並べて、次々と両面キツネ色に焦げたのを食卓塩をちょっぴりつけてたべる。これは独酌のとき、自分でいためながら、熱いやつを杯のあいまにたべると具合がいい。ちょうどポテトチップスのあの感じだった。そして味はチップスなんかそばにも寄れない。

草野心平著『酒味酒菜』より

ぬ

ぬか漬け

祖母が亡くなってから、母はいつの間にかぬか漬けをしなくなった。古い家のときには裏口の軒下にまだ樽があって、私が帰省すると漬かりすぎたキャベツやら大根を、「まーた、しょっぱくなっちゃった」なんて笑いながら出してきてくれたのに。

私が子どものころには、ぬか漬けの樽は物置にあった。六畳ほどの薄暗い土間に、梅干しの大きなかめと並べて置いてあった。梅干しのかめのふたの間には、青い水玉のビニールふろしきがかぶせてあった。

物置の反対側には、使われなくなってもう何年もたつ祖父お手製の鳥小屋や、こうもり傘、大きなざる、錆び釘が入った箱やノコギリ、金槌など、大工道具がところせましと積み重ねられていた。

陰になっている隙間に行李《こうり》を置き、ぼろ布を敷いてやって、飼い猫がそこで子を産んだ。今にも産まれそうな夜、私は何度ものぞきにいった。生まれたての子猫を触った翌朝、五匹いたはずの子猫が四匹になっている。

「なーみちゃんが触ってばかりいるから、母猫が食べちゃっただよ」と母に言われて泣いた。

ぬか漬けをかきまわす、着物からのぞく祖母の細い首すじ。

かっぽう着の白。

手首にはめた輪ゴム。

ぬかを洗い落とす、黄緑と紫色の昔ながらのタイルの流し。

ぬか漬けでいちばん好きだったのは、やっぱりきゅうりだろうか。

なすは色がすぐに黒ずむし、やたらにしょっぱくてあまり好きではなかった。

夏になると白うりや、ほんのり甘いスイカの皮のぬか漬けもよく出てきた。

スイカは食べ終わったら緑の堅い皮をむき、歯形のついたところを切り落とす。

赤みが少し残った白い部分にあら塩をすり込み、祖母が漬けていた。

夫とふたりで暮らしていたころに、兎印のぬか漬け用ホウロー容器というのを買って、いっとき私も冷蔵庫でぬか漬けをしていたことがあった。

それでも二年くらいは続けたろうか。家を留守にするときには、塩でおおってぬかを眠らせておいたりもしたのだけど、映画の料理の仕事でハワイ島に通いはじめ、とうとうだめにしてしまった。

最近、神戸の女友だちが遊びにきたとき、水なすのぬか漬けをお土産にくださった。水なすは、包丁で切るより手でちぎって縦割りにするとおいしいと、台所で盛りつけてもらいながら教わった。私は水なすのまわりをおおっていたぬかが捨てられず、彼女がよけたのを小さなホウロー容器に移しておいた。

今は、きゅうり半本と大根三センチを漬けたのが冷蔵庫に入っている。ひとりにはこれくらいのぬか漬けがちょうどいい。だめになったぬかも、気楽に捨てられるし。

「かぶの漬け物って、うまいなあ」

小学校六年生のときだったと思う。歴史が得意な隣の席のフミアキ君が、お弁当に入っていたぬか漬けを食べながら、ひとりごとを言っていた。
しみじみとした声でおじさんみたいに言っていた。
それが忘れられなくて、今でもたまに、かぶのぬか漬けが食べたくなる。

ね

ネスカフェ

数年前にウズベキスタンを旅したとき、砂漠に行った。車から下りるといきなり熱風がきた。息をするのがむずかしい。頭からすっぽり布をかぶり、四十度を超える砂の上を歩いてほったて小屋みたいな食堂へ逃れた。

ウズベキスタンの人たちは、ティーのことチーと言う。ブラック・チーはプーアール茶にちょっと似た味。ホワイト・チーはマテ茶を薄めたような味。どちらも味も香りもそっけもないような、コクのないお茶だった。私がまだ、ウズベキスタンのおいしいお茶を飲んだことがないだけだったのかもしれないけれど。

運転手さんと通訳さんは、ポットのお茶を茶碗に少しだけ注ぐとテーブルから腕をのばし、ぐるりとまわして砂の上へシャッとまいた。砂ぼこりをかぶっているかもしれないから、茶碗をゆすいでから飲むようにと教わったのだけど、その仕草はまるで、地の神さまへの感謝のしるしのようにうやうやしく見えた。

乾いた体にしみ込むお茶は、冷たすぎてはいけないし、コクや風味がありすぎてもいけないことをこのときに私は知った。

砂漠で飲む熱いお茶が、こんなにおいしいものだとは思わなかった。

砂の上のテントには一泊だけした。朝も昼も夜も、食事どきにはいつもティーポットと一緒に馴染みのあるビンがお盆の上にのって出てきた。

それは、ひと目でわかるインスタントコーヒーのビンだ。

ふたを開けると柄の長いスプーンが入ったままになっていて、それぞれ好きなだけ茶碗にすくい、保温ポットの熱いお湯で溶いて飲む。ウズベキスタンの人たちはみな、ネスカフェと呼んだ。豆から淹れるのはコーヒー、インスタントのはネスカフェ。

そういえばロシアのハバロフスクのホテルの食堂にも、ネスカフェのビンがあった。朝ごはんのバイキング料理が並んでいるテーブルのすみで、年代物の銀色のサモワールから熱いお湯を注いだ。ロシアの人たちもやっぱりネスカフェと呼んでいたような気がする。

インスタントコーヒーをはじめて飲んだのは、小学校何年生のころだったろう。坂の途中に住んでいた恭子ちゃんという子と友だちになり、夏休みにふたりだけで、恭子ちゃんの親戚の家へ泊まりにいった。江ノ島の近くの、応接間があるお金持ちの家だった。台所の食卓にはテーブルクロスがかかっていた。

朝ごはんにハムエッグとサラダ、バタートーストが出た。

うちはごはんにみそ汁、あとはぬか漬けと納豆ばかりで、トーストなんか食べつけない。私はのろのろと食べた。トーストはごはん粒よりずっと乾燥しているから、のどに詰まるのだ。

パンを飲みこむために、コーヒーばかりが先に減る。むせて咳が出る。

白いテーブルクロスの上にカスが落ちる。

コーヒーをおかわりしたい。

自分がパン食の朝ごはんを食べつけないこと、インスタントコーヒーをはじめて飲んだこと、トーストとコーヒーの配分を合わせられないことが恥ずかしかった。見かねたその家のおばさんが、もう一杯いかが?と聞いてくださり、こくんとうなずいた。

トーストはそれほどおいしいとは思わなかったけど、クリープとお砂糖がたっぷり入ったインスタントコーヒーはとてもおいしかった。

コーヒーもはじめて、子どもだけで電車に乗って知らない家に泊まったのもはじめてだった。

白いクロスのまん中ですっくと立っていた、黒地に赤い文字のネスカフェのビンがまぶしかった。

の

のり

梅干しやシャケのおにぎりに巻いたのり、しょうゆを二度づけしたお正月のお餅に巻いたのり、巻きずしののり。

いちばん好きなたべものは何かと尋ねられるたび、のりと答えてきた。

八幡さまの参道をぬけ、ふたつ目の赤い鳥居をくぐったところに、家族でやっているテイクアウトのおすし屋さんがある。注文するとその場でにぎったり、巻いたりしてくれる。すし飯がなくなると張り紙がされ、早々と店じまいしてしまうそのお店は、震災前から同じ場所にのれんを構え、近所の人たちに愛され続けているという。

ここの巻きずしは、手や箸で持っても決してくずれないのに、口に入れるとごはん粒がほどけるかほどけないかくらいのやわさににぎってあって、はじめて食べたときには感動した。おすしなのにおにぎりに通じるものがある。

酢めしのやわらかな匂いをかぎながら腰かけ、次に来たときには何を頼もうかしらと、目の前のショーケースを眺める時間も楽しい。そこには、蠟細工のモデルなのにとてもおいしそうなおすしがいろいろと並んでいる。

同じような折りでも、値段や人数によって盛り合わせが変わる。まぐろ、いか、ハマチ、タイ、ホタテ、サーモン、いくら。いくらのかわりに穴子が入っている折り、太巻きとお稲荷さんが入っている折り、細巻きを取り合わせてある折り。あとはバッテラ、鮭や穴子の押しずし、ふわふわの黄色い布団に巻かれた伊達巻きずし、何種類もある太巻き。

迷うわりにはいつも決まっていて、友人が遊びに来たときには卵焼き、あなご、きゅうり、カンピョウ、高野豆腐を巻いた定番の太巻きか、しめ鯖とゆかりを芯におぼろ昆布でふんわりくるんだ磯巻き、まぐろと長いもを巻いた山かけのうち、どれか二種類を組み合わせて頼む。

この間、美容院と図書館に行った帰り、ひとりの夕はんに細巻きセットを頼んでみた。私のすぐあとで入ってきた、工事現場の作業員風のお兄さんの太巻きとバッテラで、すし飯はちょうどおしまいとなった。

私の細巻きセットは、たくあんを細く刻んで切りごまと和えたお新香巻き、いかしそ巻き、鉄火巻き、穴きゅうがそれぞれ三切れずつ。

包みをぶら下げて歩く帰り道、のりの香りが幾度か上ってきた。すし飯と焼きのりの合わさった匂いというのは、おにぎりとはまた違うなんともいえないものがある。華やかな風情があるというか、ちょっとわくわくするような幸せの匂い。山のむこうの茜色の空を見上げながら、エッサ、エッサと汗をかきながら坂を上った。帰ったらお風呂に入って缶ビールを開け、窓際で食べよう。

祖母ののり巻きはすし飯ではなく、しょうゆをまぶしたおかかを芯に、白いご飯で巻いてあった。砂糖じょうゆのおかかのこともあった。

おにぎりみたいなこののり巻きが、夏祭りのチーズのおつまみや精進揚げと並んで私たちのごちそうだった。ずっと、そういうものだと思って食べていたけれど、のりはごはんの熱ですっかり湿って、香ばしい風味などなかったような気がする。そのころの子どもらはみな、出まわったばかりの味つけのりに夢中で、おやつがわりにバリバリ食べていた。

木皿泉さんの『昨夜のカレー、明日のパン』というドラマの料理を手伝ってくれたマキちゃんは、のりを炙《あぶ》るのがとてもうまい。前に伊勢産のおいしいのりを手土産にやってきて、吉祥寺の家の台所で炙ってくれた。

そんなに近づけて大丈夫？というくらいしっかりめに直火に当てる。もちろんじっと手をとめているわけではなく、扇の舞みたいに、表、裏と優雅に返す。のりを持つ手はつかむというより、伸ばした指を添えているような感じ。

マキちゃんは器のスタイリストもしているので、この間、雑誌の撮影のために神戸まで来てくれた。うちにひと晩泊まった翌朝、朝ごはんにのりを炙ってもらった。

見ていると、やっぱり驚くほど火に近い。

というより、のりを火のなかにくぐらせるようにしている。

折り目のついている方から炙るのだそう。つまり山型になった表の方から。

最初は右手で持ち、右側から二回。

裏に返して左手で持ち、左側から二回。

また右手に持ち、表を二回。呼吸するみたいにゆっくりと、背筋もピンと伸びている。

私が数を数えていると、「何回ずつ炙るとかは、あんまり考えてません。香りが立って、折り目がなくなって、色紙みたいにまっすぐになったらもうやめてます」。

正式ではないかもしれないけど……と照れながら、パリッと焼けたのりを半分に折り、指先で上から下に向かって折り目をつけてゆく。

折ったところを逆側に折り返して、同じように指先で押さえ、ゆっくりちぎって二等分にする。

それをまた半分に。

また、逆側にも折り返し、ちぎる。

また半分に折り、折り返す。

こうするとギザギザにならず、八等分のきれいな長方形にちぎれる。もとからのりについている線が縦方向になるよう、ちぎっているのだそう。

「ちぎり方は、母がそうしていたからうつったんだと思います。私が適当にやると、隣で見ていて、はーって、ため息をつくんです」

マキちゃんの落ち着いた所作は玄人っぽく、憧れる。お母さんが料理上手だというのにも少しだけ憧れる。でもうちは、母が料理べただったおかげで、みっともないほど食い意地の張っていた私が料理家になれたのだから、それでいい。

最後の晩餐には何を食べたいかと聞かれたら、おにぎりと答える。

炊き立てのごはんを塩だけでむすび、具はなし、のりも巻かない。こんなときに炙ったのりの香りをかいでしまったら、まだまだ生きていたいと執着してしまいそうだから。

は

パン

二十歳のころ、私は毎日のようにケーキを焼いていた。

ケイゾウさんはアルバイト先の「グッディーズ」に、よく紅茶を飲みに来ていたお客さんだ。

読みかけの文庫本を手に、いつも決まって腰かける窓際のテーブル席。なみなみといれたミルクティーのカップを運ぶときや、お会計のときなんかにふたことみことおしゃべりを交わすうち、いつの間にやらひとり暮らしの私の部屋にも遊びにくるようになって、半年くらいつき合った。

そこにいる自分が東京じゅうでいちばんいいなと思える場所だったから、私はいつも、甘い匂いのするその小さなキッチンで立ち働き、学校へは自然と行かなくなった。ケーキ作りは楽しいし、オーナー夫婦のことも大好きだった。給料が少なくてたまにしか銭湯に行けなかったけど、台所の流しで髪を洗うのとかも、べつにいやではなかったし。

でも、その日はちょっとした気持ちの迷いからか、かわりばえしない日々を送っている自分のことをつまらなく感じて、このままでいいのかな……というような話をしたんだと思う。たぶん、どんなときにもいつだってにこにこしているケイゾウさんに、ただ甘えてみたかったんだ。

桜の花びらがまい散る川ぞいの道で、私より七つ年上のケイゾウさんは、自転車を押しながら歌うように言ったのだった。

「僕がはじめて好きになった女の人は、パン屋さんで働いてたの。セックスをするとき、私は毎日粉まみれになって朝から晩までパン屋にいるから、髪の毛も、肌も、毛穴の奥にまで、パンの匂いがすっかりしみついちゃってるのよって、申しわけなさそうに言うんだ。顔も特別きれいじゃないし、太っていておばさんみたいだったけど、僕はなんだか、この人すごくいいなあって思って、大好きになったんだ」

ケーキはふわふわっとして、夢みたいで、口に入れたら溶けてなくなってしまうようなたよりないものだけど、パンというのは汗をかいて生きてゆく、地面みたいな食べもの。いつのころからかそんなイメージを持つようになったのは、ケイゾウさんに擦り込まれたせいかもしれない。

そういえばあの日、ケイゾウさんはこんなことも私に言った。

「なおみちゃんは声も小さいけど、何もかもまだ小さいね。もっともっと大きく、頑丈な人にならなくちゃいけないよ」

あれから三十年以上たってしまったけれど、ちょっとやそっとではへこたれない粘り強いパンみたいな女の人に、少しは近づけたろうか。

数年前、ウズベキスタンの南のはずれにある村を女友だちとふたりで旅した。切り立った赤い山に囲まれた静かな村の、泥べいの小道を歩いていたら、川で子どもたちが水浴びをしていた。誰にもつながれていないロバが、ひとりで勝手に水を飲みにやってくるような平たい川だ。

川ぞいをしばらく歩いていくと、橋のむこうに泥レンガでできた古い水車小屋があった。村人たちは収穫した小麦をここに運び、人夫さんに頼んで粉に挽いてもらうんだそうだ。手間賃はお金ではなく、挽いた粉の何割かを置いていく。

真夏には五十度近くにもなる砂漠の民に伝わるのは、中央に花や星の模様がスタンプされた、お盆みたいに大きな丸く平たいパン。どこの家にも泥をこねてこしらえた筒型のパン焼き窯があり、炎天の下で薪をくべたり、燃え尽きたのを熾き火にしたり、かき出したり。窯のぐるりにパン生地を貼りつけるために、奥の方まで腕を突っ込むのも、すべてがその家の主婦の役目。

旅の何日目かに、民宿の隣の若奥さんがパンを焼くというので、たまたま見学させてもらえることになった。

家族が食べる五日分のパンの材料は、ところどころにふすまが混じった十キロの粉。毛布が洗えそうなくらい大きな金ダライにその粉を入れ、塩を溶かしこんだ薬缶の湯と、前回練ったときにとっておいた発酵ずみの古い生地をひとかたまり(ちぎって味見をさせてもらったら、ほんのりすっぱい味がした。酵母が生きているのだ)加える。

若奥さんは襟もとが大きく空いた花柄のワンピースで、おっぱいをゆさゆさせながら、谷間に汗の玉を噴き出させながら、当たり前のような顔をしてごしごしと練っていた。私も少しだけ練ってみたのだけど、生地は思った以上にねっちりと堅く、体重をかけて腕を突きさしてもほとんどへこまない。イタリア女優みたいな若奥さんに比べたら、自分の細腕が思春期の中学生のようで、恥ずかしかった。

練り上がった生地は、なめした牛革の上でもうひと練りし、小分けにされる。秤なんかで量らなくても、同じ大きさに次々と分けられてゆく。

十二個分の生地を丸め、発酵の準備をするのを私も手伝った。さっき、薬缶のお湯を注いでいた女の子も加わり、女同士で囲んだ。なんだかそれは、子どものころによく見ていた、鏡餅を丸める祖母の手つきにそっくりだった。

ナンと呼ばれるこの平たいパンは、民宿でも食堂でも、頼みもしないのにいつも最初に必ず運ばれ、テーブルクロスのまん中にドサッと直に置かれる。

ウズベキスタンの人たちにとってナンは、私たちのごはんのようなものなんだ

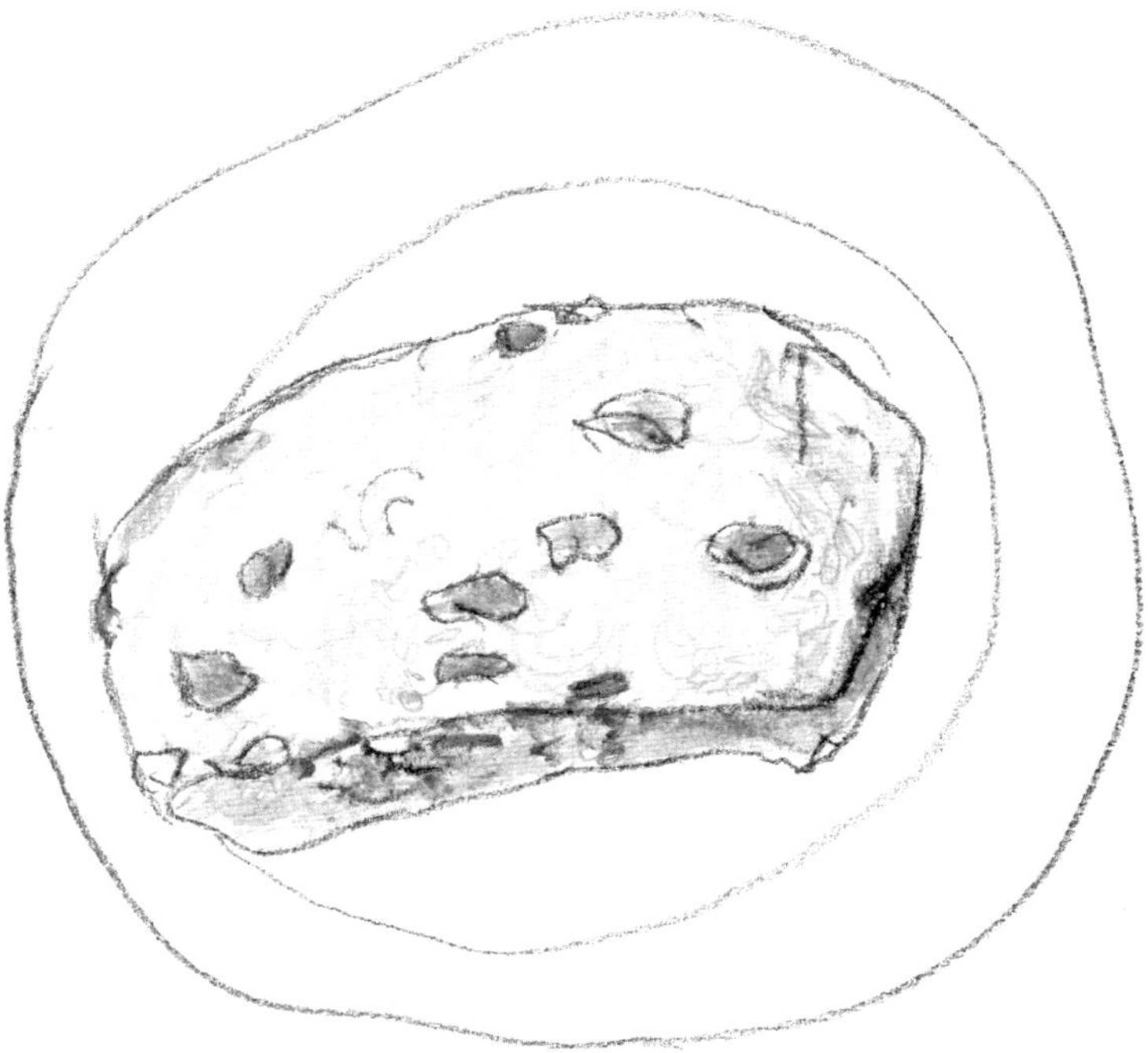

ろう。右手にフォークかスプーン、左手にはいつもちぎったナンのかけらがあり、香菜やディルが混ざったサワークリーム風のディップをつけたり、肉や野菜がごろごろと煮込まれたスープに浸して汁を吸い込ませたり、お皿にとび散った骨つき羊肉の肉汁をきれいにぬぐって食べたりする。

旅の間じゅう、私たちも真似をしてよく食べた。

焼きたてはとくに唇が切れそうなほど皮の堅いナンは、噛みしめるほどに香ばしい、パンの先祖みたいな味がした。

ひ

ビスケット

横浜のおばちゃんの家へのお土産に、ビスケットの缶を持っていった。たぶんお中元か何かでいただいたのを、母がていねいに包み直したのだと思う。森永ビスケットの詰め合わせの丸い缶だ。

「なおみちゃん、食べていいわよ」とおばちゃんに言われるのを待って、缶のふたを開けた。

四角いの、細長いの、大きな丸いの、小さな丸いの。クリームが挟まったもの、赤いジャムがまん中にぽつんとのったもの、チョコレート色の輪っかなど、缶のなかにはいろいろな種類のビスケットが収まっていた。バラバラにならないよう、白い薄紙のケースで仕分けされている。

食べたいのを何枚か選ぶと、私は大切にかじった。片手にビスケットを持ったまま、誰にも分かられないように「♪ポケットをたたくと　ビスケットがひとつ　もひとつたたくと　ビスケットがふたつ」と口のなかで歌い、スカートのポケットをそっとたたいたのに、姉にみつかった。「あんた、ばかじゃない」と言われ、くやしくてべそをかいた。

今でもスーパーのお菓子売り場に立つと、ビスケットはつい森永を選んでしまう。なかでもチョイスがいちばん好きだ。角のところをミルクティーに浸し、ちょっと湿らせたのを食べるのも好き。

ロシアを旅したとき、可愛らしい包み紙の色とりどりのチョコレートやヌガー、キャンディーがあちこちで量り売りされていた。キオスクやスーパーなどどこででも。

特にハバロフスクの市場のお菓子売り場はビスケット天国だった。ショーケースの前に立つと、その種類の多さに目移りしてしまう。クリームやチョコが挟まっていないプレーンのものだけでも、丸いの、四角いの、ドーナツみたいに穴のあいたもの、ホタテ貝の形をかたどったものなど、ざっと三十種類はあった。

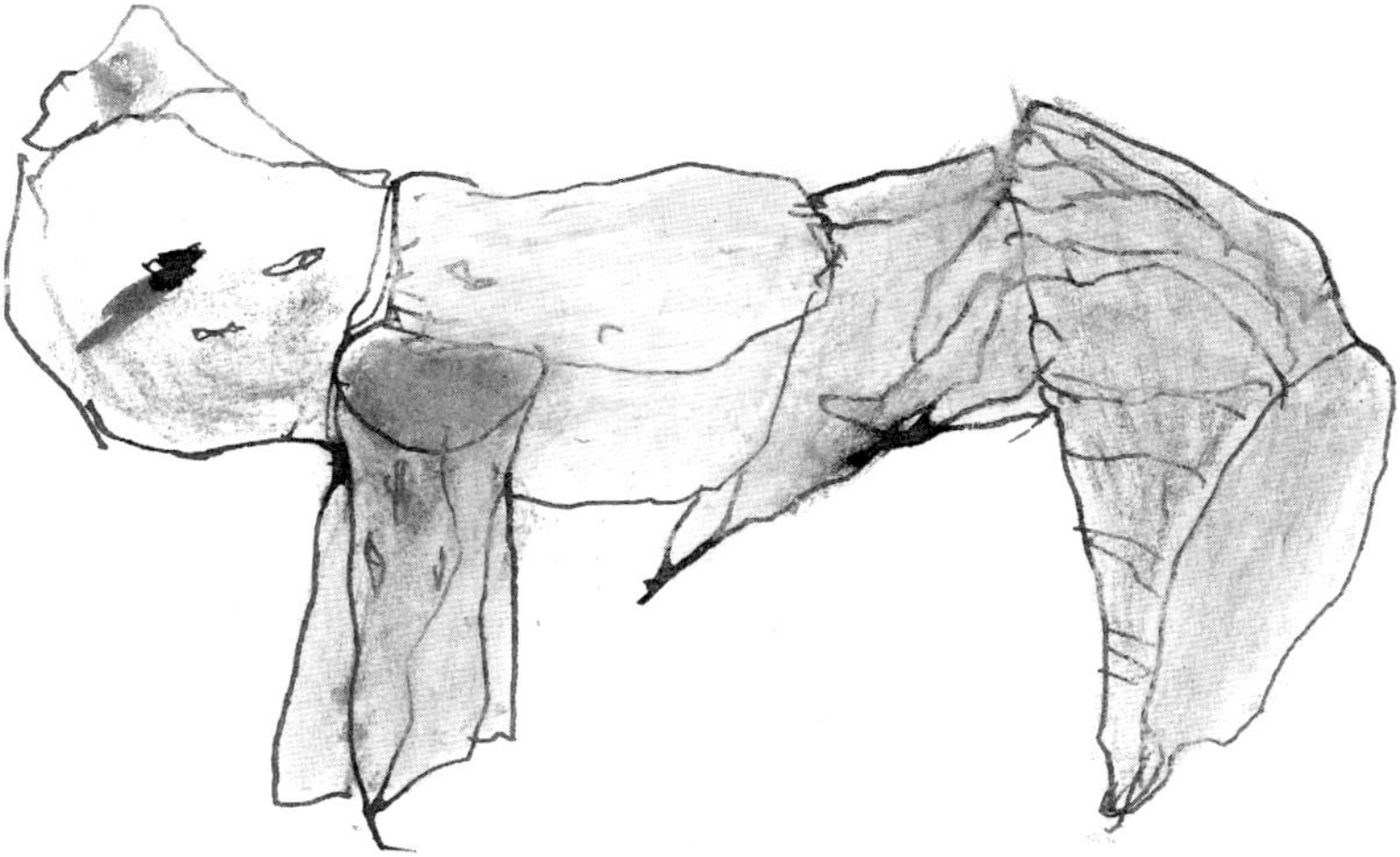

私はスタンプ模様のさまざまな柄に見惚れた。ビスケットはどれも立てて並べてあった。模様を前にむけ、ショーケースの端から端まで、隙間なくぎっしりと積んである。横にまわるとそれらはみな、透明なセロハンで細長くくるんであった。

私は迷いに迷って、蔓植物がロシア文字のぐるりを囲んだ四角いビスケットを選んだ。それがいちばんお菓子の家（ヘンゼルとグレーテルの）を思い出す柄だったから。

染織の専門学校に通っていたころ、夏休みに山小屋で住み込みのアルバイトをしていた。アルバイトといっても給金はなし。天気のいい日に、泊まり客の布団を屋根に並べて干したり、夕はんのカレーライスとサラダを作ったり、あとはスタッフたちの賄いを受け持っている大学生の先輩の手伝いをするくらいで、自由時間がたくさんあった。

雨が降ると、お客さんたちは山を登ってこられないから、山小屋もおのずと休業になる。そんな日は薪ストーブの部屋の本棚から読みたい本を選び、雨の音を聞きながら布団部屋で読みふけった。

ある雨の日、陽が暮れかけたころ、もう誰もお客さんは来ないだろうと思っていたら、女の人がひとりで小屋にやってきた。帽子もヤッケもずぶ濡れのその人は、東京の丸の内というところでＯＬをしていると言った。山登りなど似合わない、痩身のきれいな人だった。

部屋に入ったきり、その人は夕はんの時間になっても下りてこなかった。スタッフは男ばかりだったから、私が呼びに行かされた。

扉を開けるとその人は、白い腕を布団から出し、本を読んでいた。三つ編みの髪を投げ出した枕もとには、食べかけのビスケットの箱が置いてあった。見たことのない外国のビスケットだった。

「夕食は、けっこうです」と、その人は静かな声で言った。

十年以上がすぎ、彼女と同じくらいの年になった私は、布団、読書、ビスケットのひとセットを真似するようになった。

人に会いすぎてくたびれているときには、顔も洗わず、好きなだけ本を読みふける。
ごはんなんて食べなくたっていい。
ビスケットは、登山で遭難したときに食べるような食べもの。
ビスケットで命をつなぐのだ。

ふ

ふき

山の家(山梨にあるオンボロ別荘)に行かなくなって、もうどのくらいたつのだろう。

神戸へ越してきた年の春に泊まったのが最後だから、そろそろ二年になる。

山の家では今、夫がひとりで暮らしている。

台所側の庭の日陰には、野ぶきが自生していた。まだ寒さの残る春のはじめ、ふきのとうを摘んで天ぷらにしたり、佃煮やふきのとうみそをこしらえたり。ふた月にいちどくらいしか行けなかったし、抜いても抜いても生えてくる雑草に囲まれていたから、ふきのとうがどのように育って野ぶきになるのかいちども見たことがない。いつも気づけば黄緑色の葉を広げ、同じ場所でふきになっていた。

山の家の台所には水道が通っていないので、外の流しからホースをつないで水を細く出しっ放しにし、料理をしていた。プロパンガスもないからカセットコンロひとつで煮炊きする。寒い季節には石油ストーブが登場し、ひとつ火が増える。野良作業をしている間じゅう、おでんやもつ煮込み、きのこ汁の鍋をのせっぱなしにしておいて、夕ごはんに食べた。

朝には鉄のグリルパンをストーブにのせた。パンを並べてホイルで囲い、ひっくり返すといい具合に香ばしい焼き目がついている。そこにバターをのせ、また放っておく。

山の家では台所の床にシュラフで寝ていた。

半分キャンプみたいな暮らしなので、野性味あふれるそんなごはんがたまらなくおいしかった。

そういえば四月にふきの若葉を摘んで、刻んで、ごま油で炒め、みそと砂糖でふきの葉みそを作ったことがあったっけ。そのときは日本酒がなくてウイスキーを使った。炊き立てのごはんにのせて食べたら、夫も私も箸がとまらなくなった。

五月にはまだ若いふきを摘んできて、細い茎をマッチ棒ほどの長さにざくざく

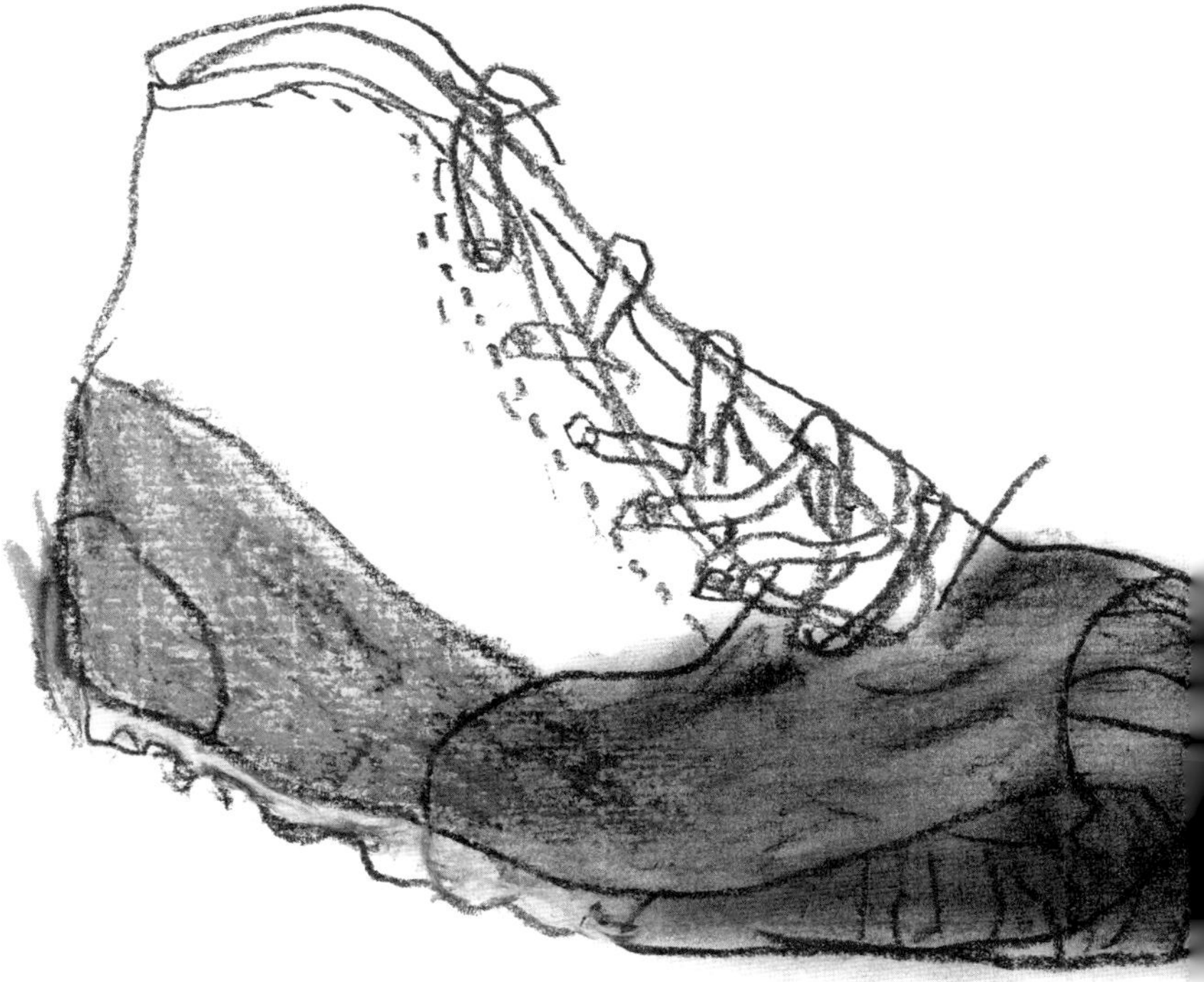

切って、下ゆでもせずにしょうゆと水だけで煮た。早い夕方から庭に出て、焚き火をしながらビールを呑んだ。

呑みはじめたときには、裏山の上の方に一番星がうっすらと光っていた。だんだん明るく輝き、山の向こうに隠れるまで。じっと見ていると空の方が動いているように感じるのだけど、星の位置がうつり変わるのは、地球が回っているからだと夫に教えられた。

そうか、私たちは宇宙空間にぽっかり浮かんだ球体の上で、瞬《また》く星を眺めているのか。

野ぶきを煮るにはだしはいらない。

香りがごちそうの野ぶきには、へたなうまみなど必要ないとそのときに知った。前に、インスタントのだしの素を少しだけ加えたことがあったのだけど、それはキャンプでフレンチのコース料理をこしらえるように、たいへん不粋なことだった。

◎ふきのとうみそ（作りやすい分量）

① ふきのとう１パック（約60グラム）はさっとゆがいて細かく刻み、ごま油小さじ２できんぴらを作るときのようにざっと炒める。

② 油がまわったら、みそ大さじ３、酒大さじ２、みりん大さじ１と½を加えて炒りつける。

③ 酒とみりんがとんでねっとりとしてきたら、みその香ばしさを立たせるため、木べらでフライパンになするように焼きつける。

◎ふきのとうの佃煮（作りやすい分量）

① ふきのとう１パック（約60グラム）はひとつひとつを縦４つに切り、さっとゆでる。鮮やかな緑になったらすぐに引き上げ、冷水に30分ほどさらす。

② 小鍋に酒大さじ３、みりんとしょうゆ各大さじ１と½を煮立て、水気をしぼった①を加える。煮汁がなくなるまで弱火で煮含める。

へ

弁当

ふだんお米は一合をといで炊く。

お客さんが来ると土鍋で炊くこともあるけれど、ひとりだとだんぜん炊飯器。夕はんに一合炊いて、茶碗によそって、一杯食べる。

残りの半分は、炊き立てのうちに輪っぱのお弁当箱につめておく。梅干しをちぎってのせたり、ゆかりやごま塩をふりかけたり。それだけで翌日のお昼が楽しみになる。

みそ汁をあたため直し、冷蔵庫にちょっとだけ残しておいたなすのみそ炒めや、保存のきくレバーのしょうゆ煮だとかを小皿に並べる。もっとお弁当らしくしたいときにはウインナーを炒めたり、卵ひとつ分で卵焼きをこしらえたり。

お弁当というのは不思議なものだ。自分でつめても、ふたを開けるときには誰かに作ってもらったような気がしている。

冷めている方がおいしいし、青菜やピーマンでも色が鮮やかすぎるのはお弁当には似合わない。濃厚だったり、歯ごたえがよすぎたりしてもだめ。お弁当は、おいしすぎないくらいの方がおいしく感じる。

幼稚園のころ、母の作るお弁当が楽しみだった。

赤いアルマイトのお弁当箱を開けたとき、二階建てだと最高だった。

それは二段重ねののり弁。おかかじょうゆも二段分挟まっている。

おしょうゆの色がしみたごはんの上でのりは少し縮まって、ぺったりと貼りついている。あとは魚肉ソーセージの炒めたのと、花の形のゆで卵が入っていれば万々歳。

私のは赤いアルマイトで、双子のみっちゃんのは青。私の絵はアトムの妹のウランちゃんで、みっちゃんのは鉄人28号だった。

と、ここまで書いて、もしかすると記憶がごっちゃになっているかもしれないと気がついた。小学生のころ、ふたりしてお誕生日に鉄腕アトムと鉄人28号のソノシート（ペラペラのレコード盤）をもらったことがある。私のはアトムの赤、みっちゃんのは鉄人28号の青だった。

高校生のとき、姉が友だちから教わってきたお弁当の卵焼きがおいしくて、今でも思い出してよく作る。その甘い卵焼きには、チーズが入っている。ピザ用のチーズでもそれなりのものができるけれど、溶け出したものが卵に混ざってはいけない。ちくわのチーズ詰めと同じように、やっぱりプロセスチーズでないと。そこにしらすを加えるのも、塩味が加わってまたおいしい。

そういえばお弁当のレシピを雑誌で紹介するとき、早起きしてこしらえ、冷ましてからふたをして、カメラマンさんがいらっしゃるのを待っていたことがある。ごはんもおかずもぺたんこで、ちょっと貧相だったけれど、お弁当とはそういうものだからそのまま撮っていただいた。

後日、雑誌が出てページをめくると、ほかの料理家さんたちのはみな、ふっくらと、いきいきとしたでき立てで、お弁当箱からおかずが盛り上がり、とてもおいしそうだった。

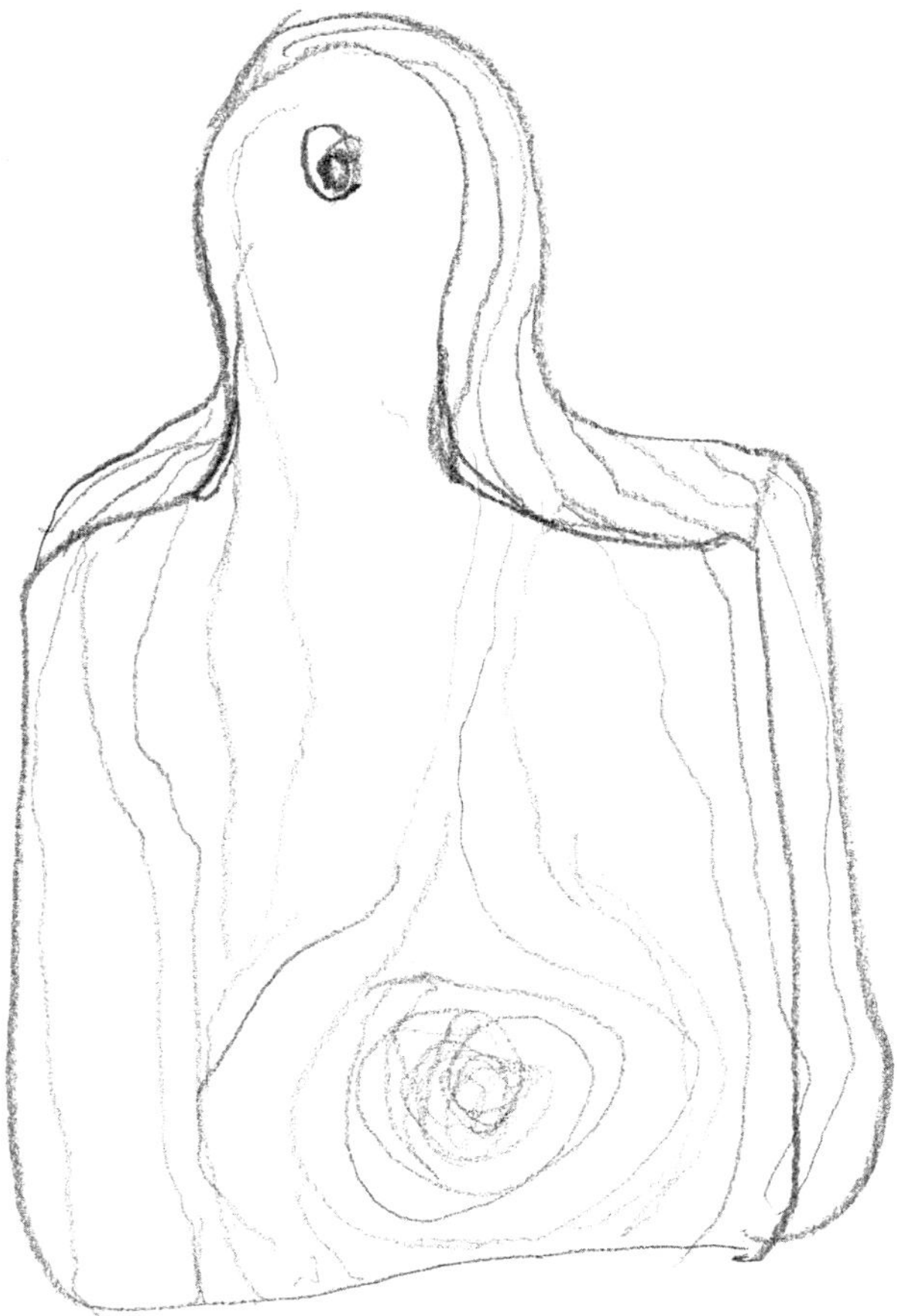

◎チーズ入り甘い卵焼き（1人分）

① ボウルに卵1個を溶きほぐし、牛乳小さじ2、きび砂糖大さじ½、塩ひとつまみを加えてよく混ぜる。

② プロセスチーズを1センチ角のサイコロ切りにし、①に混ぜる。

③ フライパンにサラダ油適量をひいて強火にかけ、充分に熱くなったら②を流し入れる。菜箸で大きく混ぜ、半熟になってきたらフライパンの端に寄せる。小さなオムレツのように形作り、半分に切る。

ほ

干ししいたけ

ひじき煮、切り干し大根煮、筑前煮、かんぴょうと合わせた甘煮。生ではなく、どうしても干ししいたけでないとという料理がある。たまたま切らしていたら生のしいたけは使わずに、これだけはまったく違う食材で作る。生には生のよさがあるけれど、生とはまったく違う野菜なのだと思う。

干ししいたけは特別だ。干ししいたけだけが持つ味と香り。そこにはきっと、多くの思い出が混ぜこぜになっている。母方のおばあちゃんのちらし寿司と、もどし汁の香りがするかき玉汁。鶏肉、にんじん、コンニャク、筍の入ったいり鶏に、かやくごはん。駅弁の釜飯にのっている、こっくりと甘辛い小さな丸いの。

干ししいたけで何か作ろうと思うときには、前の晩から水に浸けて寝る。夜中にふと目を覚まし、寝室まで匂いが届く。ああ、干ししいたけをもどしていたんだったなと思いながら、また目をつぶる。

いちど、慌てていて、充分にもどっていないのを煮てしまったことがあるのだけど、いくら煮てもそれ以上は味がしみなかった。頑固だなあ干ししいたけ。もどりにくい軸のつけ根を、親指と人差し指で挟んでみて、弾力があるようならだいじょうぶ。細胞のすみずみまで煮汁をしみ込ませる支度ができている。

せっかく長い時間をかけてもどすなら、やっぱりどんこがいい。
三、四センチの小ぶりのものでも、肉厚で、かさの縁が巻き込まれた、実くずれしていないきれいなのを使うと、箸で選ってそれだけを食べたくなる。本当に、なんておいしいのだろう、としみじみ思う。
いつだったか、ファンの方から天白《てんぱく》といううめずらしい種類のどんこをいただいた。白い亀裂が入った松かさのような、亀の甲羅のような、はじめて見る立派な干ししいたけだった。肉も魚も何もない日に、ふっくらともどした天白どんこの厚切りをステーキみたいにじりじりと焼きつけた。もどし汁としょうゆで味を含ませてから、パスタのゆで汁とバターを焼き汁に加え、乳化させた。ゆでたてのパスタをからめ、黒こしょうをたっぷりひいて食べた。

絹のようにきめ細かな、アワビみたいに歯ごたえのあるあの味は忘れられない。天白どんこは、たしかにこの上ないおいしさなのだけど、そればかり食べていたら、ふつうのどんこに申しわけないと思う。

◎干ししいたけの甘辛煮（作りやすい分量）

①干ししいたけ（小さめのどんこ）10〜12枚は、かぶるくらいの水にひと晩浸ける。ふっくらともどったら水けをしぼって軸を切り離し、石づきを取る。
②もどし汁½カップ、だし汁½カップ、みりん大さじ2、きび砂糖大さじ2と½、しょうゆ大さじ2を鍋に入れ、強火にかける。
③ひと煮立ちして砂糖が溶けたら、①の干ししいたけをかさが上になるように並べ、切り離した軸も加える。弱火にし、落としぶたをして煮汁が少なくなるまで煮含める。

ま

マヨネーズ

ポテトサラダは、塩でもんだきゅうりとさらし玉ねぎ、ゆで卵さえ入っていれば、市販のマヨネーズでも充分おいしくできる。

私はねり辛しをきかせるのが好きだ。

おととしの暮れ、東京で呑み屋をやっている友人の家に遊びにいったとき、さりげなく出してくれたつまみのポテトサラダがとてもおいしかった。クセがなく、チーズでも入っているみたいなコクがあって、赤ワインにもよく合った。お店で出しているものだそうだ。何が入っているの？　と聞いたら、マヨネーズが手作りなのだと教えてくれた。

ポテトサラダをごちそうになったのは、もう二年近く前のこと。

先日、ワインに合うおつまみの取材があったので思い出し、ひさしぶりにマヨネーズを作ってみた。

私のマヨネーズのレシピは、ちょっと変わっている。酢は卵黄に混ぜ込んでから、油を少しずつたらして泡立器で混ぜ、乳化させていくのがふつうのレシピ。でもこれだと分離しやすく、ちっとも固まらずに「クウクウ」の厨房のみんなもよく失敗していた。卵黄四個分にサラダオイルもたくさん使うから、失敗すると大ごとだ。

マヨネーズを再生させるには、新たに卵黄と酢を溶いたところに、分離してしまったサラサラのマヨネーズを少しずつ加えながら泡立器で混ぜる。うまく結合して大成功のこともあったし、すべてがもとのもくあみのこともよくあった。

分離しないレシピをみつけてからは、料理などいちどもしたことがないみたいなホール係の男の子でも、ちゃんと作れるようになった。卵は室温にもどしてからとか、泡立器は一方向にかき立てるとか、そんなめんどうなきまりもない。

コツはただひとつ、酢をはじめから加えないこと。化学的なことはよく分からないけれど。

さて、私のレシピ。

まず卵黄に塩とマスタードとねり辛しを混ぜ、サラダオイルを少しずつ加えていって、ちょっと硬めのクリーム状に安定させる。

そこに、はじめて酢を加える。酢で少しゆるんだところにサラダオイルを細くたらし、そのつど完全に混ぜ、またオイルを加えて混ぜる。混ぜ方はあくまでも静かにやさしく。泡立器を必要以上にカチャカチャさせない。ただそれだけ。

手作りマヨネーズはお店で食べる味がして、見た目もきれいだし、うまくできるとちょっと誇らしい。保存容器に入り切らなかった分は小ビンに入れ、誰かにおすそわけしてもとても喜ばれる。感じさえつかめばとても簡単なので、気を楽にして作ってほしい。

子どものころ、いちばん上の中学生の兄が、かぼちゃの煮物にマヨネーズをかけて食べていた。「こうすると、洋風の味になるぞ」と。

食べてみたら、いつもの甘じょっぱいだけのかぼちゃが、本当に外国の味になっていた。今でも私はそのときの兄のひらめきを尊敬している。

◎手作りマヨネーズ（作りやすい分量）

① ボウルに卵黄1個、ねり辛し小さじ½、ディジョンマスタード大さじ1、塩小さじ½を入れ、なめらかになるまでそっと混ぜる。

② ①にサラダオイル1カップの⅓量を少しずつ加え、加えるごとに完全に混ぜ合わせる。

③ ぽってりとしたクリーム状になったら、酢大さじ1を加えて混ぜ、残りのサラダオイルを②と同様に加え混ぜる。もったりとなめらかになったらでき上がり。

み

みそ汁

年下の友人マキちゃんは、料理のスタイリングの仕事をしている。

そう、のりを炙るのが上手なマキちゃんだ。

そのマキちゃんに、いちばん好きなみそ汁は何？と聞いてみた。

「じゃがいものみそ汁です。ころーん、ころーんと切って、煮くずれる手前のやわらかさまで煮たのが好き。急いでいるときにはイチョウ切りとかにしてますけどね。あと、じゃがいものみそ汁には必ず玉ねぎを入れます。甘みが出ておいしいから」

私もじゃがいものみそ汁が好きだ。

ただし、マキちゃんとは切り方が違って、私のはマッチ棒くらいの細さ。

歯ごたえを残して煮、みそを溶いたら火からおろす直前に青じそのせん切りを散らす。

小学生のころからいちばん仲のよかったキツ子（まめ子の仲よしグループのひとり）の家に、試験勉強をしに泊まりがけで行った日、夕ごはんに作ってくれたのがこのみそ汁。たしか中学三年のときだった。

キツ子の家はおばあちゃんを入れて六人家族。お母さんは中学校の音楽の先生で、お姉さんとキツ子はピアノ、お父さんと妹はバイオリンがひけた。お母さんも料理上手なのだけど、夕はんの支度は姉と妹の三人姉妹で順番に受け持つことになっていた。食材は発泡スチロールの箱に入って、一週間にいちど届く。

その日キツ子は、箱のなかからいかとじゃがいもと青じそを選んだ。なれた手つきではらわたを出し、皮をむき、輪切りにしていかリングフライをこしらえた。カラッと揚がったフライには、キャベツのせん切りも添えてあった。

夕方、おじさんが仕事から帰ってくるのを待って、みんなで食卓を囲んだ。おじさんはごはんを食べながら冗談を言う。娘たちがヤジを飛ばし、おばさんはおじさんの頭をこづきながら笑った。おばあちゃんはいつものことだというふうに、淡々と箸を動かしている。私はとても驚いた。うちではごはんを食べながらテレビを見てはいけないし、おしゃべりが過ぎると父に叱られる。

キツ子の揚げたいかリングフライも、せん切りのキャベツも、青じそ入りのじゃがいものみそ汁も本当においしかった。私が料理に目覚めたはじめてのきっかけは、キツ子とその家族なのかもしれない。

「あ、やっぱり私、玉ねぎのみそ汁がいちばん好きかもしれません。何の具でも、玉ねぎは必ず入れてますもん。玉ねぎにお揚げとか、お豆腐とか、わかめとか青菜とか、冷蔵庫にあるものを加えてます」

思い出したようにマキちゃんが言った。

マキちゃんは、スタイリストの仕事があるときには東京でひとり暮らしをしているけれど、そうでないときは実家に帰って、家業を手伝っている。

「母がかき揚げをするときのみそ汁は、必ず具なしです。かき揚げの具も玉ねぎだけ。ほかには何も入れないんです。私はみそ汁に、かき揚げをちょっとだけ浸して、天つゆみたいにサクサク食べるのが好き。父は、ふやっふやにふやかしたのをごはんにのせて食べるのが好きなんです」

別居中の私の夫は、甘くなるからと言って、玉ねぎのみそ汁が苦手だった。たまにそのことを忘れてしまって作ると、いやがった。

夫がいちばん好きだったのは大根のみそ汁。だから、一緒に暮らしていた二十七年の間は、千六本に切った大根のみそ汁をいちばんよく作ったような気がする。

本当をいうと、私もマキちゃんと同じで玉ねぎのみそ汁が好きだ。

玉ねぎだけか、そこにお麩が加わったみそ汁。

そうか、今だったらもう玉ねぎのみそ汁を気にせず作って食べていいのだな。そう思うのは、なんだか少しだけさびしいことのような気がした。

この間、実家に帰ったとき、母がみそ汁を作ってくれた。

母のみそ汁のなかでいちばん好きだったのは、お麩と青ねぎの具。大家族だったから、朝ごはんのはいつも煮返してあったけれど、夕はんどきに父や兄がみそ汁が飲みたいと言うと、さばぶしでだしをとって、いそいそとこしらえ、煮えばなを出してくれた。

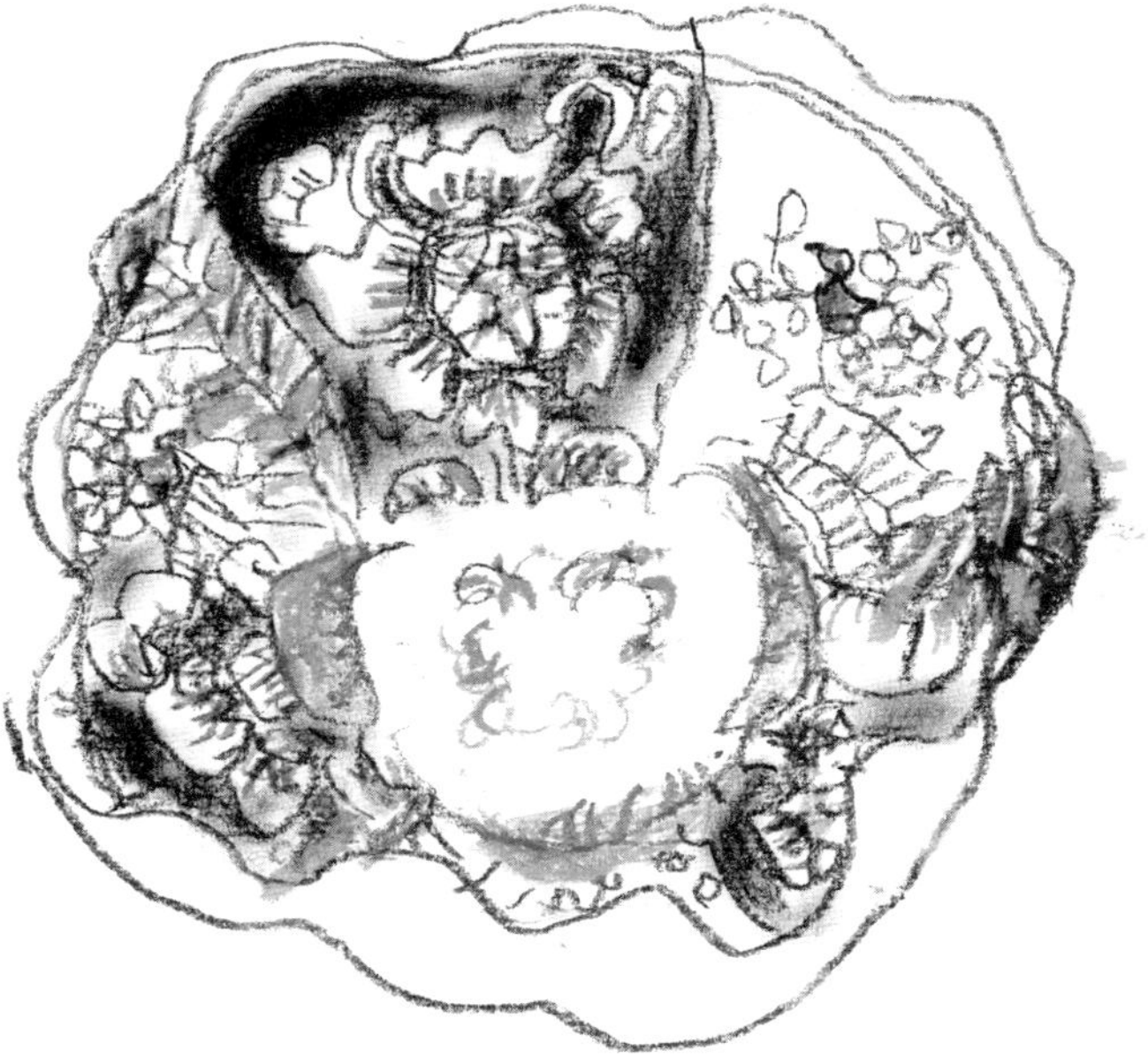

うちでは、おみおつけと呼んでいた。

母のおみおつけは青菜がすっかり煮えて色が変わり、くたくたになっていた。いつのころからかだしなどとらず、だしの素のみそ汁なのだけど、しみじみとおいしかった。豆腐の切り方とかが懐かしかったのかもしれない。

む

むぎこがし

子どものころによく食べた懐かしいおやつ、むぎこがし。

白いお砂糖とむぎこがしの粉をお椀に入れて、カンカンに沸かした薬缶のお湯をさす。すぐに混ぜなくてはいけないから、姉もみっちゃんも私も、箸とお椀を手に並び、母か祖母のどちらかにお湯をさしてもらっていた。

夕はんを食べ終わった冬の夜など、薬缶の役が父になることもあったような気がする。よく混ぜて、茶色のやわらかな粘土状になったのを食べる。

私は完全に混ぜてしまうのより、少し粉が残っているくらいのまだらなのが好きだった。混ぜるときには、粉が鼻に入ってくしゃみをし、食べるとむせて咳き込んだ。口からパフッと薄煙が上がるのがおもしろく、わざとむせた。

むぎこがしのおやつのことを、私たちは何と呼んでいたのだっけ。

パッパッとか、まぜるのとか、あれ、とかだったろうか。名前なんてなくてもこと足りた。そのくらい頻繁に食べていた。

母がたまに作ってくれたおやつは、メリケン粉に砂糖と水を混ぜてフライパンで焼いたぺたんこの薄焼きか、そこにふくらし粉と卵を加え、油で揚げたドーナツまがいのどちらかだった。

どろどろの生地をお玉ですくって油に落とすと、お玉から離れぎわの先っぽが細くとがる。揚がるとそれが小さな尻尾のようになるので、母はブタちゃんと呼んでいた。いろんな形に膨らんだ揚げたてのブタちゃんに、白砂糖をまぶしてできあがり。

「クウクウ」ではむぎこがしの粉を、きな粉のようにクッキーに混ぜ込んでみた。シナモンをほんのりきかせたり、ココアを加えたり、淡い緑色のピスタチオの実を砕いて混ぜたり。牛乳プリンや豆乳プリンにむぎこがしをふりかけ、上から黒みつをとろりとかけるのも人気だった。

お正月料理の雑誌のページをいただいたとき、懐かしい感じのする簡単なおやつを教えてくださいと言われ、泡立てた生クリームにむぎこがしを混ぜたのを作ってみたら、とても好評だった。

二種類のガラスの器に、むぎこがしクリームと、バニラと抹茶のアイスクリームをそれぞれ盛り合わせ、赤いいちごを添えた。

むぎこがしクリームは、モンブランの栗クリームに似ていないこともない。

◎むぎこがしクリームのアイスクリーム添え（4人分）
① ボウルに生クリーム1カップときび砂糖大さじ3を入れ、泡立器で七分立てにする。
② ①にむぎこがし大さじ4を加え、ざっくりと混ぜる。混ぜすぎると固くなるので注意する。
③ スプーンですくって器にこんもりとのせ、好みのアイスクリームといちごを盛り合わせる。

め

目玉焼き

半熟の目玉焼きをごはんにのせて食べるのが好きだ。ハムエッグならなおうれしい。

上からかけるのはしょうゆもいいけれど、たまにソース味も恋しくなる。ウスターソースのときは、けっこうシャブシャブとかける。おかずに前の日の焼きそばの残りがあったりすると、もっといい。

みそ汁の話で書きそこねてしまったけれど、私は落とし卵の具も大好きだ。卵のほかには何も入れず、入れても青ねぎを散らすくらい。食べ方にも少しだけ決まりがある。

まず、おかずとごはんを食べながら、みそ汁のおつゆだけすする。ごはんはできるだけ白いまま汚さずに食べすすめ、残り三分の一くらいになったら、卵をすくって上にのせる。スプーンに一杯だけおつゆもかける。
箸で黄身を割り、しょうゆをほんのちょっと落とす。七味唐辛しをふりかけ、混ぜすぎずにくずしながら食べる。黄身は、半熟より少しだけ硬めくらいがちょうどいい。

上京してはじめてのひとり暮らしは、美容室の二階にあるアパートだった。大家さんがやっている美容室なので、アパートというより下宿みたいなところだった。

風呂なしで、トイレは共同。古いけれど掃除のゆきとどいた廊下と、トイレのタイルが気に入っていた。四畳半の部屋には半畳分の台所がついていて、中華料理屋さんにあるような鉄のガスコンロがひとつと、鍋をひとつ置いたらそれだけでいっぱいになってしまうような、正方形の小さな流し。

私と同じような部屋があとふたつあり、どちらも年上の女の人が住んでいた。朝、目を覚ますといつも、廊下を挟んだ向かいの部屋からベーコンを焼く匂いがしてきた。その部屋の人は、今思えば四十代くらいだったのかもしれないけれど、二十歳そこそこの私から見るとかなり年上に感じられた。

大人の女の人が結婚もせずにこんなところに住み続け、毎朝、毎朝、ベーコンエッグを焼いて、ひとりで食べている。

たまに顔を合わせるその人は、髪をひとつに結わえて眼鏡をかけ、ドアを開け放してよく掃除をしていた。私の部屋よりいりくんだつくりになっていて、奥の間に、おばあちゃんの部屋にあるようなタンスや、ガラスケースで囲われた人形が飾ってあるのが見えた。

学校に行くとき、たまたま廊下ではち合わせになったりすると、「行ってらっしゃい」と気さくに声をかけられた。

いちど、開け放ったドアの向こうから、男の人の声と、いつもよりはずんだその人の声が聞こえてきたことがある。その朝もやっぱり、ベーコンエッグを焼く匂いがしていた。

『天空の城ラピュタ』で、空から突然舞い下りてきた少女シータにパズーがこしらえたお弁当は、とてもおいしそうだった。

朝、自分のために焼いた目玉焼きを、フライ返しで半分に切り分け、トーストの上にうまいことのせてあげていた。口でひきずるようにしながらズルッと吸い込む、パズーの目玉焼きの食べ方は、真似をしてもなかなかうまくいかない。『ハウルの動く城』で、ハウルが焼いていたベーコンエッグもまた、おいしそうだった。

料理などやらなそうに見える美しいハウルが、ぶ厚いベーコンを鉄のフライパンでじゅうじゅう焼く。焼けたベーコンを端に寄せ、暖炉にぶつけてひびを入れた六個の卵を、片手で次々と流れるように割り入れる。肩をゆらーり落としたその姿勢も、サラサラの長髪から垣間見える横顔も、繊細な手指も色っぽく、ついじっと見入ってしまう。

魔法使いなのだから、料理なんかお茶の子さいさいなんだろうけど。

はあ、おいしい……とため息混じりに胸を押さえ、しみじみと感じ入ったのは、ロシアのバイカル湖のほとりにあるリストヴャンカ村で食べた、両目の目玉焼きだ。

そこは三方を山に囲まれた静かな村で、お菓子の家みたいに可愛らしい木造の家が、ぽつんぽつんと建っていた。窓辺には、赤やピンクのゼラニウムの鉢植え。おばあさんが小川で洗濯し、畑のわきに渡されたロープに色とりどりの洗濯ものがはためいているような、そんな村。

その目玉焼きは、丘の斜面に建てられた山小屋風ホテルの朝ごはんに出てきた。黄身はクリーム色でとろとろ。黄身と白身の境のところには、細かく刻んだディルの葉が少しだけふりかけてあった。

黄身がおいしいのはもちろんのこと、ふっくらと焼けた白身まで、ういういしく清らかな味がした。

も

モーニング

喫茶店でモーニングをはじめて食べた。

たぶん、生まれてはじめて。

私は友人とふたり連れだったのだけど、ひとりで来ているお客さんが多かった。新聞を開いて足を組み、読みながら横向きでコーヒーをすすっている女の人。窓辺の植物をぼうっと眺めている男の人。カウンターの人たちはほどよく間隔をあけ、それぞれ雑誌をめくっている。

ゆったりと過ぎる時間、どこかの国の吹奏楽みたいな音楽が静かに流れていた。

私たちのテーブルにも、淹れたてのコーヒーとハムチーズトースト、小さなガラスの器にひとつ、ゆで卵がちょこんとのって出てきた。厚切りトーストは香ばしく、丸いピンクのハムも、とろけたチーズもほどよくて、コーヒーの湯気がゆらゆら。毎日は同じようでいて少しずつ違う、そんな一日のはじまりにぴったりなおいしさだった。

モーニングっていいもんだな。

ゆっくり、ゆっくり食べすすんで、ゆで卵は最後にとっておいた。

七年ほど前にロシアへ行った。ウラジオストクまで船で行き、ハバロフスク、ウラン・ウデ、イルクーツクとシベリア鉄道で双六のように旅した。

武田百合子さんの『犬が星見た　ロシア旅行』をたどる旅だったので、ハバロフスクでは百合子さんと同じセントラル・ホテルに泊まった。ロシア語読みは、ツエントラリナヤ・ホテルだ。

そのホテルは、四十数年前の百合子さんの時代には「ゆで卵の黄身色をした建物」だったそうなのだけど、サーモンピンクに肌色を混ぜたような色に塗り替えてあった。古い方の棟は、階段の手すりも、エレベーターも、床も、ポプラの綿毛がふらふらと舞っている空を見上げられる窓も、百合子さんの本のままだった。

私がゆで卵をとっておいたのは、ホテルの朝食で一緒になったロシア人の初老の紳士を思い出したからだ。

肌の色がぬけるように白い赤ら顔のその紳士は大柄で、シャツの胸ポケットに小さな水玉のネクタイピンを挿していた。右手にフォーク、左手にパン、流れるような所作でひとり静かにサラダを食べている。

パンは、ちょうどいい間合いを持って口に運ばれる。

サラダを食べ終わると、器に残ったドレッシングをマカロニにかけた。

マカロニはフォークの先にいくつかまとめてさし、食べていた。子どもみたいに。

空いた器をお盆の上にきれいに並べたら、スライスチーズを四つに折って、ホイッと口に放り込み、さあ、ゆで卵。

胸のあたりに持ち上げた真っ白な宝ものを、フォークの背のカーブしたところでそっとたたき、細かくヒビを入れる。

指先をとがらせ、ゆっくりと殻をむく。

ゆで卵を右に、左手には食卓塩。

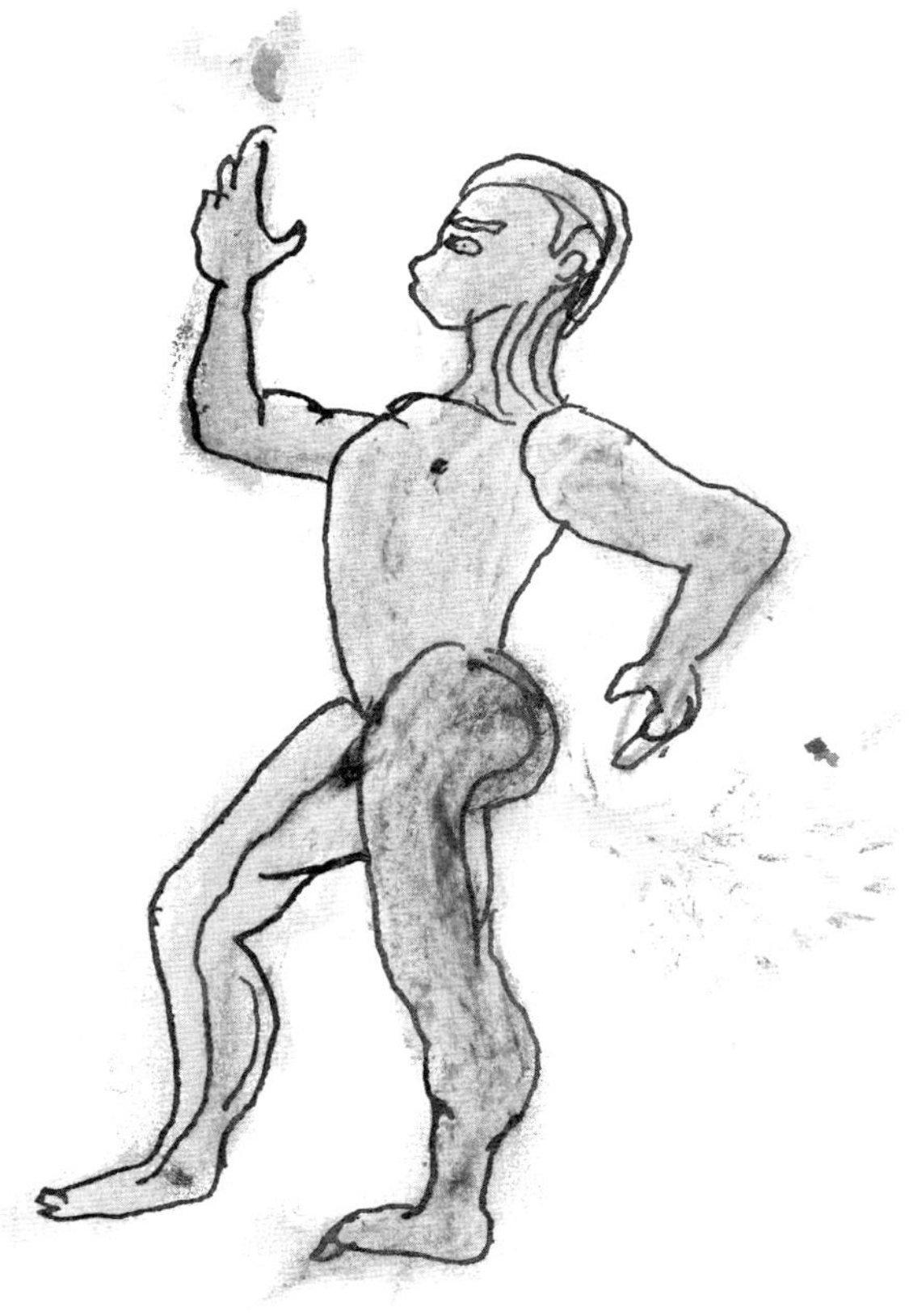

塩はふってかけるのではなく、小ビンをほんの少し傾けながら、人差し指でトントン。
ひと口食べてはまたトントン。
いかにも大切そうに、愛でながら食べていた紳士と同じように、私も塩をトントン。

や

焼きそば

冬休みにスケートに連れていってもらう約束をしていたのに、母の用事で急に行けなくなったことがあった。

ふたつ違いの姉はあのころ、友だち同士でもうどこへでも遊びにいけるようになっていたから、小学校の高学年だったのかな。だとすると私は、三年生か四年生だ。当時できたばかりの富士急ハイランドのスケートリンクには、姉もみっちゃんもすでに行っていた。

私はだだをこねて泣いたのだろう。母が困って、「ごめんね、なーみちゃん。いつか、なーみちゃんだけ、いちばん行きたいところに連れていってあげるから」と言った。

それで「じゃあ、中村屋さんに行きたい」と、私はすぐに答えたのだった。

母は拍子抜けしたように、「なんだ、中村屋さんでいいの。なーみちゃんは安上がりねえ」と笑った。

中村屋さんは町にある甘味屋だ。

お汁粉に、あんみつに、安倍川もち。磯辺焼きに、ホットケーキに、串だんご。夏には白玉団子ののったいちごや、メロンのかき氷も出てくるけれど、私は何よりも焼きそばが大好きだった。

中村屋さんの焼きそばは特別なのだ。麺が太めで茶色がかり、もちもちとしたコシがある。濃い色のソースはとろみがあって、よその店のとはまったく違う匂いと味がした。

中村屋さんと言ったその口が、ソースの香りと味でいっぱいになり、私は幸せに包まれた。本当はスケートなどたいして行きたいわけではなかった。クラスの友だちが家族と行ったことを自慢していたから、私だけおいてきぼりをくったような、心細いような気持ちになっただけなのだ。

中村屋さんへは祖母と母と三人で行った。

私は前から食べてみたかった、月見焼きそばを頼んだ。祖母は安倍川もち、母は辛しをきかせたところ天を食べていた。

あれから五十年近くが過ぎ、中村屋さんの焼きそばはもうその建物ごとなくなってしまったけれど、紺色ののれんをくぐってすぐ左の席に、三人で向かい合わせに座って食べたあの日のことは、絵はがきの絵のように覚えている。茶色い麺によく映えていた、目玉焼きの黄身の黄色さまで。

母が家でよく作る焼きそばには、桜エビとちくわと青ねぎが入っていた。さばぶしと青のりもふりかけてあった。

母はお皿のわきに冷やごはんをよそり、ソースをどぼどぼかけて焼きそばをおかずに食べていた。子どものころには、どうしてそんなおかしな食べ方をするんだろうと思っていたのに、このごろは私もよく真似をして食べている。こういうときのごはんは炊き立てでなく、ちょっと固まったくらいの冷やごはんがぴったりくる。

神戸に住むようになって、そばめしというのをはじめて食べた。

ごはん粒よりも少し長いくらいに麺を切って、ごはんといっしょにソース味で炒めてある。考えてみれば母の焼きそばと同じことだ。

この間、見よう見まねでオムそばめしを作ってみた。

いんげんしかなかったので、キャベツも豚肉もソーセージも入れなかったのだけど、ごはんのせいでもちっとした歯ごたえになり、とてもおいしくできた。油の量がちょっと多めだったのがよかったのかもしれない。

◎オムそばめし（1人分）

① いんげん7～8本は軽くゆで、1センチ長さに切る。焼きそばの麺1袋を袋から出し、2センチほどの長さに切る。

② フライパンにサラダオイル大さじ1を入れて強火にかけ、いんげんを軽く炒める。冷やごはんを茶碗に1/3杯分ほど加え、ほぐしながら炒めたら、麺を加えて炒め合わせる。このとき、麺を木べらでちぎるようにしてさらに短くしながら炒

める。水大さじ2〜3を加えてふたをし、蒸し焼きにする。
③水分が減ってきたら粉末ソースを加え混ぜ、さらにウスターソースも加え、しっかりめに味つけする。こしょうをふって器にこんもりと盛る。
④卵1個で薄焼き卵を作り、③の上にかぶせる。

ゆ

夕はんとゆかり

夕食という言葉は、私にはちょっときどって聞こえる。

晩ごはん、夜ごはんはいいな。なかでもいちばん好きなのは夕はんだ。

うちの実家では、お夕はんのうがつまって、祖母も母もおゆはんと呼んでいた。

おゆはんは、あたたかな湯気でふっくらとおおわれ、人肌と同じくらいの湿気を含んだ言葉。

早夕はん、という言い方も好き。

毎年恒例の町内の夏祭りや、教会のクリスマス会など、家族そろって夕方から愉しみな場所へ出かける前、いつもより早めに夕はんを食べてしまおうというときに、「今日は、早夕はんを食べていこうね」となる。

子どものころには好きだったその言葉の響きを、うっとうしく感じていた時期がある。東京の専門学校を卒業し、「グッディーズ」もやめて、実家で暮らしていた半年にも満たない間。当時、母はもう幼稚園をやめていて、日曜日に教会へ出かける以外はほとんど家にいた。

私はというと、母の友人の絵本屋さんで小さなアルバイト。あとは部屋にこもって本ばかり読んでいた。

お昼ごはんを食べ終わり、空になった食器を流しに運ぶようなときに言われる。

「なーみちゃん、今日のおゆはん何にする?」

その声には、生きてゆくことのやるせなさが混じっていた。

母がというより、受け取る私の心の方にそんな気持ちがあったのかもしれない。

そのころの母は五十二歳、今の私より六つも若かった。

日常は退屈で、きのうと今日のどこが違うのか分からなかった。

かわりばえしないこの毎日は、いったいいつまで続くのか。

ごはんなんて食べなくたっていいじゃない。食べたら食べた分だけ肥っていく自分の顔も体も恥ずかしく、嫌いだった。

アルバイトをしていた絵本屋さんは、家から歩いて五分ほどのところにあった。月にいちど、おすすめの絵本にまつわる絵や、立体物で、ショーウィンドーを飾るのが私の仕事だ。

今月の絵本を店主のおばさんと一冊決めると、家に借りて帰って好きな場面の絵を描いた。『かいじゅうたちのいるところ』の怪獣と少年を描いて切り抜き、裏に厚紙を貼って、立てかけられるようにしたり、背景の森や月を描いたり。

あれは何の絵本に出てくる絵だったろう。画用紙をつなげて長くし、口を大きく開けているワニの絵を描いたこともある。あとは、月ごとの短い挨拶文を考えておばさんに見てもらい、推敲した言葉を並べ、ショーウィンドーに脚立を入れて飾りつけた。

あれから何十年もたち、ぐるぐるまわって神戸に引っ越し、料理家のくせに私は絵本のお話も書くようになった。

ひとりで暮らすようになったら、食べたり作ったりするのが面倒になって、パスタやうどんなど麺ものが多くなるかと思っていたのに、意外と毎日ごはんを炊いている。

一合分のお米をといで炊飯器で炊いたら、一杯を食べ、残りは温かいうちにお弁当箱に詰めるか、ラップでくるんで冷蔵庫に入れておく。おかずは一種類か二種類、あとは温かいおつゆを何かしらこしらえ、お膳に並べて、『楽しいムーミン一家』を見ながらおゆはんとなる。

そういえば毎日食べても飽きない、ゆのつく食べものがあった。

ゆかりふりかけだ。

炊き立てのごはんに、お弁当に、ゆかりをふりかける。ひとふりしてから甘辛く煮たコロッケをのせて丼にすると、甘さが中和されてとてもおいしい。親子丼のときも同じ。

あと、ゆかりとじゃこのチャーハンに目玉焼きをのせるのも、ちらしずしのすし飯にゆかりを混ぜるのも好き。だから、冷蔵庫の扉にはいつも、三島のゆかりの紫色の袋があるし、なくなりそうになると忘れずに買って補充している。

ゆかりは、味も匂いも見た目も、日常に似合う。

『昨夜のカレー、明日のパン』のドラマの撮影でも、お弁当のおにぎりにゆかりふりかけを混ぜた。スタッフの男連中はみな「ゆかりちゃん、うまいっすよね」とか言って、余ったおにぎりをよく食べてくれた。テレビ業界ではふりかけにちゃんをつけるんだと知って、おかしかった。そういえばタコの形の赤いウインナーのことも、タコさんウインナーと呼んでいたっけ。

曖昧に過ぎてゆく日々をやり過ごし、自分が本当は何が好きで、何をしたいのか分からなかった二十代のはじめ。

あのころの私に、手をふって教えてあげたい。

「おーい、未来にはたいへんなこともいろいろあるけども、楽しいことがたくさん待っているし、三度三度食べるごはんのおいしさも、ちゃんと分かるようになるよ。だから、だいじょうぶだよ」って。

21歳の私

よ

ヨーグルト

オランダ人のピーターは私よりふたつ年下で、英会話の先生をしていた。外国人ばかりが集まって住んでいる、下宿のような古いアパートが中野にあったので、「カルマ」にはよくコーヒーを飲みにきていた。それで仲良くなった。コーヒーではなく、ハーブティーだったかな。

ピーターはベジタリアンではなかったけれど、食べものの持つ栄養素などについて、自分なりの考えがあるみたいだった。共同キッチンで自炊をしては仲間たちとシェアして食べていたようだし、ハーブだったか野菜だったかを、窓辺のプランターで育てていたようにも思う。

ヨーグルトの入った、ちょっと硬めのライ麦パンの焼き方や、豆と野菜のスープの作り方を教わった。ママの味は何?と聞いたら、大きな口をニーッと横に伸ばし、「もちろんシェパードパイだよ！」と、真っ白な歯をのぞかせながらうれしそうに英語で言った。

シェパードパイというのは、玉ねぎとにんじんとひき肉をバターで炒めたミートソース風の具に、マッシュポテトをかぶせて焼くものだと、そのとき私ははじめて知った。そうか、パイ生地をひいたりするものではないのか。

どんな味かと聞くと、「じゃあ、友だちをおおぜい呼んで、シェパードパイ・パーティーを開こうよ。レッツ・トライ！」となり、ワインを開けてごちそうしてくれた。

ピーターのシェパードパイは、長方形の大きな焼き皿に盛り上がるくらいぎっしりと詰まっていた。絞り出し袋で波形に飾られたマッシュポテトは、じゃがいもをいくつゆでてこしらえたんだろう。サイズに比例して、なんとなく大味だった思い出がある。

ピーターとはプールに泳ぎにいったり、映画を見にいったり、ピクニックをしたりしてふたりでよく遊んだ。下宿を出て、ひとり暮らしをはじめたアパートにも遊びにいったことがある。

そのときだったかな。「スペーシャル・トゥー・ミー」と言いながら、ヨーグルトにシリアルやナッツをふりかけ、パックごとスプーンで豪快に食べていたのは。

ウズベキスタンを旅したとき、パンにつけたりスープに溶かし込んだりするチャッカというクリームが、どこの食堂に入っても小鉢に盛られて出てきた。ロシアのサワークリームにちょっと似ているけれど、もっとあっさりした味で、酸味が強い。

搾り立ての牛乳を人肌に沸かし、古いチャッカをスプーン一杯ほど加えたら、よく混ぜて、布巾をかぶせひと晩おく。ボウルにできた濃厚なヨーグルトのようなものを布袋に移してさらにひと晩吊るし、水と塩を加え、ぽってりとしたクリーム状にして作るのだと通訳さんから教わった。

神戸へ越してきてからは、ikari印の神戸牛乳ヨーグルトが気に入って、「いかりスーパー」へ行くたびに買うようになった。濃厚で、なめらかで、ロシアで食

べたヨーグルトによく似ている。

このヨーグルトを、コーヒーを落とす用のペーパー・フィルターにセットし、ひと晩冷蔵庫に入れておくと、フレッシュチーズのような濃厚なクリームができ上がる。果物のジャムをとろりとかけてデザートにしたり、砂糖を混ぜてトーストやパンケーキにのせたり、ディルや青ねぎを刻み込んでロシア風餃子にのせたり、ボルシチに溶かして食べたり。何にしてもとてもおいしいので、サワークリームを買うひまがない。

◎ヨーグルト入りフォカッチャ（直径25センチの円形1枚分）
① ボウルに強力粉250グラム、ドライイースト大さじ½、ベーキングパウダー小さじ1、きび砂糖、塩、各小さじ1を入れ、指先で全体を混ぜ合わせる。さらにオリーブオイル大さじ½を加え、指の腹ですり合わせるようにしながらまんべんなく混ぜる。

②プレーンヨーグルト1カップを湯せんにかけ、人肌より少し熱めに温める。
①のボウルにいちどに加え、手で混ぜてひとまとめにする。
③打ち粉をふった台の上に取り出し、生地がなめらかになるまでよくこねる。
④③をオリーブオイルを薄く塗ったボウルに移し、ぬれ布巾をかぶせる。30度くらいの温かい場所で40分ほどかけ、2倍の大きさに膨らむまで一次発酵させる。
⑤④の生地をこぶしでひと突きしてガス抜きし、台の上に取り出して、2センチくらいの厚さの円形に伸ばす。
⑥天板にアルミホイルをしき、オリーブオイルを薄く塗って⑤をのせる。布巾をかぶせ、30度くらいの温かい場所で30〜40分ほどかけて二次発酵させる。
⑦⑥の全体にフォークで穴をあけ、オリーブオイルをたっぷりまわしかける。さらに塩をふりかけ、200度に熱しておいたオーブンで20〜30分、香ばしい焼き色がつくまで焼く。

ら

らっきょう

らっきょうはおやつがわりだった。

ビンから取り出すとき、祖母は「♪むいても　むいても　皮ばかりー　さて、なんでしょう」と、なぞなぞまがいの唄を歌い、私とみっちゃんの小皿にひと粒ずつよそってくれた。

私たちは祖母の漬けた大きならっきょうを、ひと皮むき、またひと皮むいては歌いながら食べた。小さな手をべたべたにして。

たぶん、保育園か幼稚園のころだ。母が仕事に出ている間のおやつは、らっきょうくらいしかなかったんだと思う。

らっきょう漬けのビンは、梅干しやぬか漬けの樽のある、日陰の物置の窓際に置いてあった。使われなくなった鳥小屋や、こうもり傘、釘箱やノコギリ、金槌

など、ひいじいさんの大工道具が積み重ねられていた土間の物置だ。西陽が当たると、窓辺のらっきょう漬けははちみつ色にとろりと光った。当たり前のように食べていたけれど、そのころから私はきっと、らっきょうが好きだった。祖母のおかげだ。

西荻窪にある「のらぼう」の牧夫君が店を開く前は、お姉さんの朝子ちゃんがひとりで呑み屋をやっていた。「ごはんや」という屋号だった。

朝子ちゃんは、牧夫君のおいしさとはまた違う力強い感じの料理を、何気ないふうにこしらえる名人だった。年の暮れに呑みにいったら、牛タンを一本丸ごとゆでてからみそに漬けたのをくださったこともある。

たしか、メニューのなかに、今日のぬか漬けというのがあった。

大根やなす、きゅうり、めずらしいところではゴーヤやパプリカなど、サラダみたいに食べられる色とりどりの浅漬けの漬け物。そのわきに、朝子ちゃんのらっきょう漬けがいつも添えられていた。

大粒らっきょうはこっくりとした色で、歯切れもよく、とてもおいしかった。

私はよくらっきょうだけ別に注文し、日本酒をちびちびやりながらかじった。おいしい、おいしいと私があんまり言うものだから、朝子ちゃんが作り方を教えてくれた。

「私のは、生のらっきょうに熱い甘酢をかけるだけ。めんどうだから下漬けもしないの。でもずっとパリパリしてますよ。茶色っぽいのは黒砂糖のせいです」

その次の年から、私は自分でもらっきょうを漬けるようになった。

せっせと毎年漬けて、友人や編集者がいらっしゃるとつまみで出したり、小ビンに詰めてお土産にしたり。それがけっこう喜ばれた。料理本で紹介したこともある。

ひとり暮らしになってから私は、らっきょうも梅干しも漬けなくなった。

単純にひとりでは食べきれないからだ。

保存食というのは、食べてくれる人がいないと成り立たない。

もしかすると、そのときどきの家族のありようを象徴するものでもあるかもしれない。

二〇〇五年に出した私の料理本のらっきょう漬けのページには、こんな言葉が書いてある。

なんといっても、家の中で保存食がおいしく育っていくことを思うのは、幸せなことです。

そんな暮らしをしていたのだなあと、懐かしいような気持ちで今思う。

◎らっきょうの甘酢漬け（作りやすい分量）

① 泥つきらっきょう1キロは水をはったボウルに入れ、バラバラにほぐしながら泥を洗い落とし、薄皮をむく。

② らっきょうの根と芽を切り落とす。ボウルに戻し入れ、ざっと洗う。

③ ひと粒ずつ布巾で水気をよくふき取り、保存ビンに入れる。

④鍋に酢3カップ、黒砂糖（粉状のもの）1カップ、きび砂糖2カップ、塩60グラム、赤唐辛し1本を合わせる。スプーンでよく混ぜ、砂糖を溶かしながらひと煮立ちさせる。
⑤③のビンの上から④を熱いうちに注ぐ。完全に冷めてからふたをし、冷暗所で保存する。

り

りんご

長いこと市役所勤めだった父は、書道とペン習字だけが趣味の、生真面目な人だった。

私が小さいころには、日曜日になると祖母や母と連れ立って教会の礼拝に通っていたのに、いつのころからか行かなくなって、仕事で疲れているのか布団のなかで一日じゅう本を読むようになった。枕もとには、父専用の大きなお湯のみ茶碗。

午後になってようやく起き出してきた父は、七三の髪をなでつけると、サンダルばきで散歩に出かけていく。そうして、小一時間もたったころ、包みをぶら下げて帰ってきた。果物カゴの絵のついた包装紙に包まれているのは、桃や梨、柿やりんごなどの季節ならではの果物だ。

「なおみ、皮をむいてくれるかね」

そう父に声をかけられるのが私は好きだった。きっと、中学生か高校生くらいになっていたんだろう。

子どものころに一度か二度、父がりんごをむいてくれたことがある。

冬の夜、夕ごはんを食べたあとに姉とみっちゃんと私を居間に集めると、畳の上に新聞紙を広げた。くるくるとゆっくりまわりながら、新聞紙に落ちてゆく紅い皮は、長く長くのびながら、一度も途切れることがない。

私たちは、電灯の下でくり広げられる曲芸のような父の手さばきに目を見張った。じっと待っていて、ひとりひとつずつ、順番に手渡されるクリーム色の丸く光った実にかぶりつく。

父はナイフとは言わず、包丁と呼んだ。

「母さん、果物包丁を持ってきてくれるかね」

象牙のようにも見える白い柄の、あのときの果物包丁が今うちにある。

去年の暮れ、ひさしぶりに実家に帰って台所の大掃除をしていたら、使いもしないのに、母が大事にとってある割り箸やプラスチックのフォークなどに紛れ、引き出しの奥から出てきた。

包丁の腹のところに、「Stainless STEEL」と彫り物がしてある。

今はすっかり切れ味が悪くなってしまったけれど、決して錆びないステンレス。当時の包丁は鋼《はがね》が主流だったから、その文字はきりっと胸を張っている。象牙に見えた柄も、多分プラスチックだろうな。こんど研いで生き返らせ、りんごをむいてみようかと思う。

絵本を一緒に作っている絵描きの友人が、洋梨をむいてくれた。

くし型に包丁を入れ、ひとつひとつの芯を取ってから、ゆっくりと皮をむく。七切れは三日月。最後のひと切れは、茶色の軸をつけたままになっていて、横から見ると、なんだか一角獣の顔のようだった。

洋梨でも柿でもりんごでも何でも、果物は、誰かにむいてもらって食べるのがいちばんおいしい。

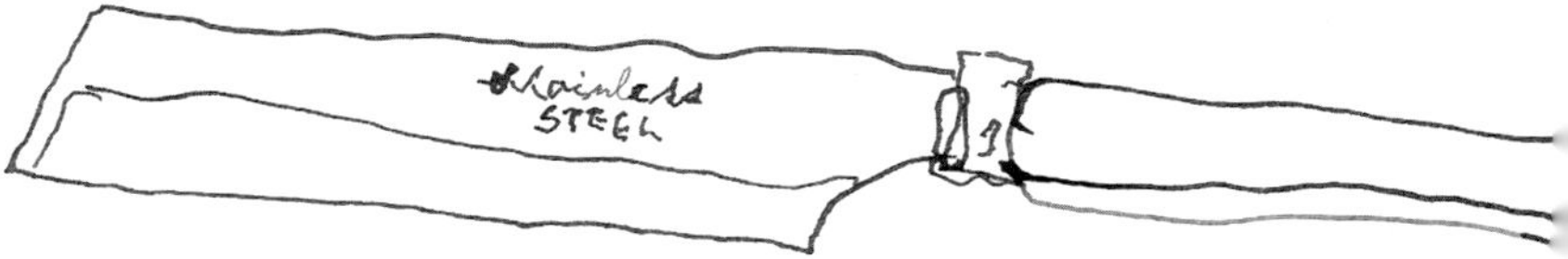
Stainless
STEEL

れ

れんこんと練乳

れんこんはなすに劣らず大好きな野菜。

煮ても焼いても、揚げても炒めても、蒸してもおいしい。

さっと湯通ししたのを甘酢に浸けた、シャキシャキッと歯切れのいい酢ばす。

れんこんの串カツはかぶりついたとき、サクッと同時に、ネチッがやってくる。

蒸したりスープに煮込んだのは、もっちりした食感で、さらに甘みが増す。

皮ごとすりおろしたものに片栗粉を混ぜ、フライパンで丸く焼くれんこんのお焼きもたまらない。あと、大きめに切ったのを網焼きして炊き込んだごはんも、歯ごたえがおもしろい。

初夏に出まわる皮の薄い新れんこんは、ちょっと高値。

いつだったか撮影にどうしても必要で、使ってみて驚いた。甘みが透き通るようにういういしく、果物みたいに清く、安易な気持ちで口に入れてはいけないような感じがした。それは、昔いちどだけ食べたことがある、生まれたばかりの仔豚の丸焼きの、やわらかすぎる肉の味にも通じる。

新れんこんは、徳島あたりの暖地で育てているものらしい。二月に種ハスを植え、六月に収穫されるのだそうだ。

ふつうのれんこんは、秋から冬が旬。最盛期はおせち料理をこしらえる時期にぴたりと重なる。れんこんは、いくつも空いた穴から新しい年の光が射してくる縁起ものでもある。

娘が茨城に嫁いだので、十二月になると、うっすら泥を纏った霞ヶ浦のれんこんを毎年送ってくれる。節が細く、食べると糸をひくほど粘りがあり、とてもおいしい。こんなにおいしいのを夫とふたりだけで食べてしまうのは申しわけないので、東京にいたころには送られてきたその日のうちに、近所の友だちに配ってまわった。

神戸へ越してきてからも、相変わらず娘は送ってくれる。

ひとりではとても食べきれないから、いつもお世話になっているアパートの管理人さんや、六甲の友人たちにおすそ分け。

去年のお正月には実家のお土産にし、家族や親戚にお焼きを作って喜ばれた。娘は、別居中の夫のところにも同じものを送っているそうだ。申しわけないなあ、身勝手な親たちで。

小学生のとき、家庭訪問が楽しみだった。

革の鞄を小脇に抱え、玄関を開けて入ってくる担任の先生は、学校にいるときと同じ背広を着ていても、なんとなしにいつもと違う。うちの座布団にお尻をのせ、母と話している背中が妙に身近に感じられ、私はもじもじした。

家庭訪問の時季は四月の末か五月なので、どこの家でも出盛りのいちごでもてなした。

うちではガラスの器に赤いいちごを盛って、白いお砂糖をかけて出した。

裏のよう子ちゃんちは練乳をかける。

練乳のことは、コンデンス・ミルクと呼んでいた。

今は歯磨き粉みたいなそっけないチューブ入りが主流だけれど、当時は缶に入ったものしかなかった。缶には、白い靴下をはいた外国の女の子の絵が描いてあり、その子は缶のなかで、私が見ているのと同じコンデンス・ミルクの缶を持っていた。その小さな缶のなかにも、小さな女の子。その子もさらに小さな小さな缶を持っているはずだと信じ、目を近づけ、奥までのぞき見た。

練乳はうちでは高級品だった。

スプーンの先ですくってなめると、濃厚な甘みで鼻の奥がつーんとし、くらくらするほどおいしかった。

◎れんこんのお焼き(1枚分)

① れんこん小1節はタワシで洗い、黒くなっているところだけ皮をむいてボウルにすりおろす。

② ①に塩ひとつまみと片栗粉大さじ2を加えて混ぜる。

③ フライパンにごま油をひいて強火にかける。②を流し入れ、フライパンいっぱいに丸く伸ばす。しばらく放っておき、香ばしい焼き目がついて表面が透き通ってきたら裏返し、片面も同様に焼く。

④ 器にすべらせるように③を盛り、熱いうちにいただく。そのままでも、辛し酢じょうゆをつけてもおいしい。

※ところどころにれんこんのすり残しやかたまりがあるのも、歯ごたえを楽しめておすすめです。片栗粉の量は多くても少なくても、それなりのものが焼けます。

ろ

ロールキャベツ

ロールキャベツをはじめて食べたのは、いつだったのだろう。

母は仕事で忙しく、料理があまり得意でなかったから、洋風のごはんといえばカレーライスくらいしか作ってもらえなかった。

ケチャップの赤い色のついたチキンライスやオムライスは、友だちのお誕生日会で食べた。こんなにおいしいものが世の中にあるのか！と、びっくりした。

これを書いていて思い出したのだけど、そういえば二十代のころ、つき合っていた男の子にいちどだけロールキャベツを食べに連れて行ってもらったことがあった。そこは、階段を上ったところに入り口のある、喫茶店のような小さなレストラン。

運ばれてきたのは、トマトスープで煮込まれたロールキャベツ。粉チーズとパセリがふりかけてあった。けれども憧れのロールキャベツは、なんだかうすぼんやりした味で、思っていたほどおいしくなかった。あれはきっと、煮込みすぎ。

私のロールキャベツの先生は、シャンソン歌手の石井好子さんだ。めくるだけでバターのいい匂いがしてきそうな『東京の空の下オムレツのにおいは流れる』という本のなかで、いろいろなロールキャベツが湯気を上らせ、立ち現れる。

キャベツで巻いたのをバターで香ばしく焼いてから煮込むのは、フランスとドイツ式。「たいてい、あいびきの肉と、いためた玉ねぎが入っていた。スープで煮たり、あるときはトマトペーストかケチャップを入れて赤くしてあった」のは、子どものころによく食べたお母さんのロールキャベツ。鶏ひき肉の具にねぎとしょうがの絞り汁、「だしの中に、おしょうゆ、かくし味ていどのお砂糖を入れて煮てあった」のは、石井さんのおばあさんの懐かしい味。

「コールドエル」という名のスウェーデン式ロールキャベツは、中身の具も

ちょっと変っている。ひき肉と同量のご飯を入れるのだ。そして、スープで柔らかく煮たあと、それをたべるのではなく、さらにグラタンにした。

上にかけたチーズの粉がこんがりと狐色にやけて、チーズのこげる匂いと、ホワイトソースの甘い香りが、部屋じゅうにただよう。ぐつぐつぐつぐつ、まだ皿の中で煮たっているグラタンを、食卓に持ってゆく。そして、大きなおさじで一人一人のお皿にとりわける。とろっとしたホワイトソースに包まれて、ロールキャベツは、ほかほか湯気をたてている。


細かなコツまで示されたレシピのようなこの名文を読み、私はロールキャベツのグラタンを、何度こしらえたことだろう。

ハワイ島で撮影をした映画『ホノカアボーイ』のなかで、主人公の日系おばあちゃん、ビーさんの十八番《おはこ》料理をロールキャベツと決めた。

肉だねにソーセージを刻んで入れるのと、煮汁にクリームチーズを溶かし込むのは私のアイデアだけど、キャベツに包んだものに薄く粉をはたき、バターで香ばしく焼いてから煮込むのは石井さんの本から教わった。

さて、私のロールキャベツ。

私のはキャベツを丸ごとゆでて使う。

生のままだとはがすときにさけやすいけれど、丸ごとだと、鍋のなかでキャベツの葉はおもしろいようにするするとはがれる。

ゆでたキャベツはすべて使い切る。やわらかな春キャベツでするのも、冬のみっしり詰まったキャベツでするのも、どちらにもそれぞれのおいしさがある。

たねを包むときにやぶれやすくなるので、くれぐれもゆですぎないこと。緑が鮮やかに、トングで持ち上げてみて軽くしなるくらいになったら、早めにざるに上げて水気をしっかりと切る。このとき、外側の大きい葉と内側の小さい葉を分けてざるに上げておくと、二重に包むときに落ち着いてできる。

キャベツをゆで過ぎないもうひとつの理由は、せっかくのうまみがゆで汁の方に流れてしまうような気がするから。最小限の量のスープで、ふたをしてくつくつ煮ることにより、ロールキャベツ本体にも、煮汁にも、キャベツから出た甘みがゆきわたる。

少しくらい形がいびつでも、大きさがまちまちでも、煮込んでしまえばさまになる。手間と時間をかけた分だけ、食べた人もきっと喜んでくれる。

煮込んだ初日はねり辛しをつけ、おでん風に白いごはんと食べる。翌日は、煮汁を混ぜ込んだホワイトソースとチーズをかぶせ、石井さん風のグラタンに。まだ残っていたら、トマトソースを加えたパスタに、カレーライスにも。

ロールキャベツはひと鍋で、いろいろな味が楽しめる。

◎ロールキャベツ（8個分）
① キャベツ1個は包丁の先で芯をくりぬく。玉ねぎ½個とにんじん½本はそれぞれみじん切りに、パン粉大さじ3は牛乳大さじ1でしめらせておく。
② 大きな鍋に湯を沸かし、キャベツを丸ごとゆでる。上下を返しながら湯のなかで1枚ずつ葉をはがし、ざるに上げる。外側の大きな葉を8枚、内側の小さい

葉を8枚はがしたら、残りのキャベツもざるに上げておく。
③ フライパンにバター20グラムを熱し、玉ねぎを弱火で炒める。しんなりしてきたらにんじんも加え、塩ひとつまみをふって炒め合わせる。ボウルにあけ、粗熱をとる。
④ ③のボウルに合いびき肉300グラム、①のパン粉、塩小さじ½、ナツメグ、黒こしょうを各適量加え、ねっとりと手につくくらいまで練り混ぜる。練りすぎると堅くなるので注意。
⑤ ④を8等分し、まず小さい方のキャベツで巻く。さらに大きい葉で包み、巻き終わりを爪楊枝でとめる。
⑥ 爪楊枝を下にし、⑤を大鍋に隙間なく並べ入れる。固形スープ½個を溶かした湯2カップをまわしかけ、ローリエ1枚をのせ、塩ひとつまみをふって、大まかに切った残りのキャベツをのせる。
⑦ ふたをして強火にかけ、煮立ったら弱火で1時間ほどコトコト煮る。途中、隠し味のしょうゆ小さじ1をスープに加え、鍋をゆする。

わ

わかめ

野菜を切らしていても、冷蔵庫にわかめがあると安心だ。海藻さえ食べていれば、野菜をとらなくてもなんとなく栄養が足りているような気がするから。

わかめは塩をざっと洗ってぬるま湯でもどしたら、氷水でひきしめると緑が冴える。炒めたり、ひたしわかめにするときには、もどしすぎないよう注意して。

わかめを炒めるのは向田邦子さんの料理本で覚えた。油がはねるので長い菜箸で炒めること、鍋ぶた片手によけながら炒めると火傷しないことなどが書いてあった。向田さんは親切だ。いいことを思いついたら、誰にも彼にも惜しみなく伝えたい心を持っていらっしゃる、大盤振る舞いの人。

向田さんのレシピはこうだ。

フライパンにサラダ油とごま油を熱し、水気をよく切ったわかめを強火で炒め

る。翡翠色になりはじめたところにしょうゆとけずり節を加え、ざざっと炒め合わせればでき上がり。

私のは、酒としょうゆで味をつけ、ちりめんじゃこやごま、柚子こしょうを加えたりもする。向田さんは、染めつけのとっておきの器にほんのちょっとだけ盛っていたようだけど、私は薄味にしてもりもり食べるのが好き。

色よくもどしたのをざくざく切って、ワサビじょうゆかしょうがじょうゆを添えるわかめのお刺身。みょうがや青じそを加え、ポン酢じょうゆとごま油をかけた和えもの。きゅうりの塩もみとわかめを、らっきょうの甘酢で和える酢のもの。お吸いものに、みそ汁に、ごま油で風味づけした中華スープに。ラーメン、お蕎麦、うどんにものせてたっぷり食べたい。

夏の暑い盛りに、ひたしわかめを作って冷やしておくと、冷蔵庫の前に立ったまま浸し汁ごとずーっと吸いたくなる。小鉢にこんもり盛り、薄く刻んだみょうがや針しょうがをあしらうと気のきいたおつまみになるし、ぶっかけそうめんの具にもなる。このつけ汁には、わかめのかわりに焼きなすやオクラを浸しておくのも好きだ。

前に、もどしただけのわかめがタッパーに入っていたので、小麦粉を水で溶いたのに混ぜ、うちにあるいちばん大きなフライパンでチヂミのように焼いてみた。カリッと焼くつもりが、火加減をまちがえて少しネチッとしてしまったのだけど、にんにくじょうゆにごま油のタレと、コチュジャンとしょうゆのタレを添えて撮影の賄いに出したら、カメラマンがおかわりをして食べてくださった。

◎ひたしわかめ（作りやすい分量）
①わかめ（塩蔵）30グラムは塩を流し、水に浸けて硬めにもどす。ざるに上げ、食べやすい大きさに切る。
②だし汁1カップ、酒大さじ½、薄口しょうゆ小さじ1、塩ひとつまみを小鍋に合わせて煮立て、①を加える。パッと鮮やかに色が変わったらすぐに火をとめる。
③汁ごと器に盛り、みょうがやしょうがを刻んであしらう。

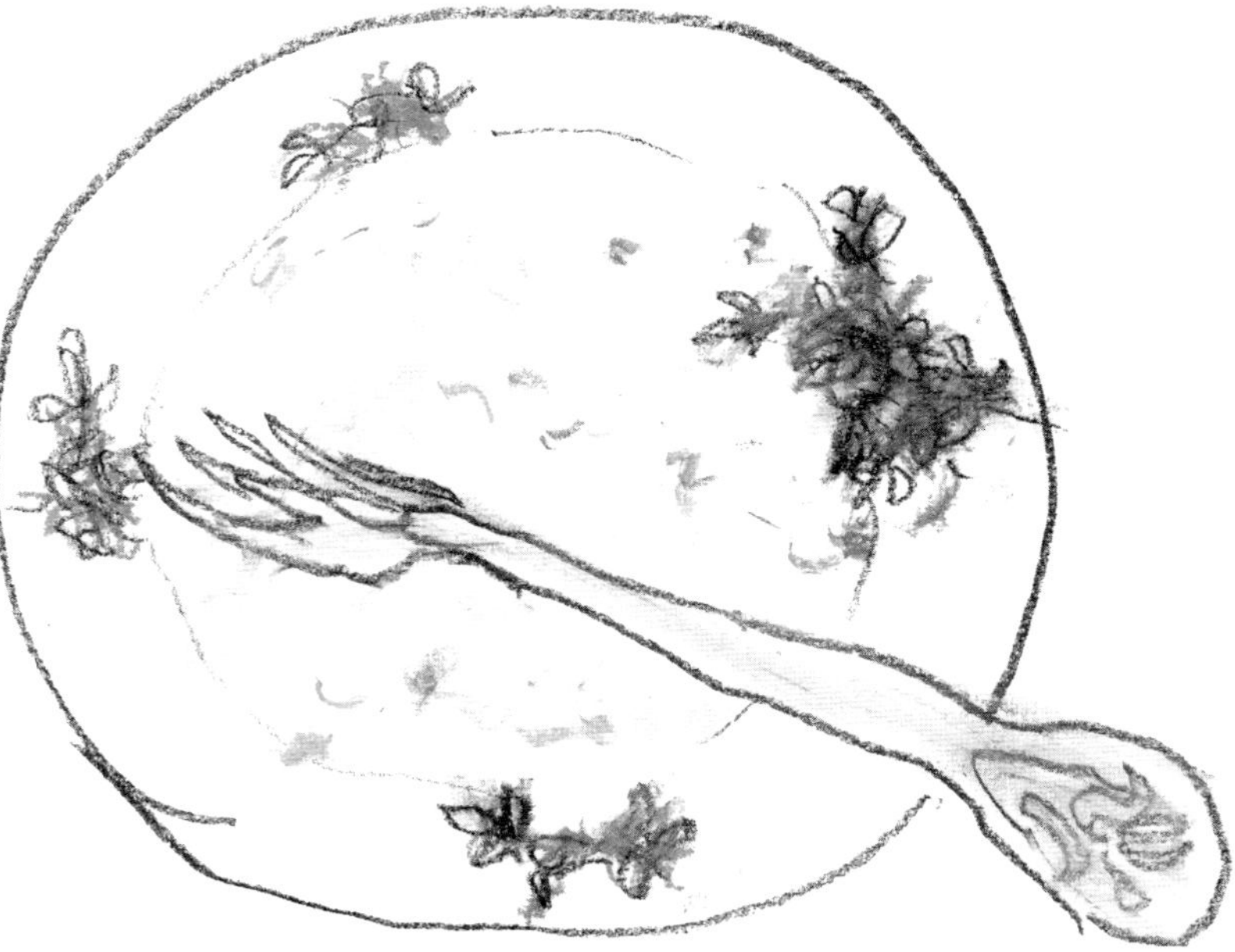

『たべもの九十九』のこと

小学校六年生のとき、自分の生い立ちをアルバムのようにまとめる国語の宿題がありました。全校生徒にいっせいに出されたので、双子のみっちゃんと私は、厚紙や画用紙を綴じて写真をペタペタ貼ったり、言葉をつけたり、色紙を切り抜いて飾ったりと、楽しく作っていた思い出があります。

クラスのほとんどが、「わが生い立ちの記」としていたなか、ひとりだけ「いく子の九十九科事典」という題をつけ、先生にほめられた子がいました。十二の歳までせいいっぱい生きてきたいく子ちゃんは、未熟な自分のことを、百に満たない事典に喩《たと》えたのです。

平凡社の小出真由子さんから、食べものにまつわるエッセイの依頼をいただいたとき、いく子ちゃんのことが頭にぽかんと浮かび、アイウエオ順に書いてみようと思いました。私も事典にしてはまだまだ未熟なので、いく子ちゃんにあやかって『たべもの九十九』とつけました。

食べもののことを綴っているつもりが、子どものころの記憶や、すっかり忘れていた家族との思い出、二十代はじめのあまり思い出したくない恥ずかしいできごとまでくっきりと蘇ってきて、自分でも驚きました。箸休めのようにちりばめられたレシピも、今となっては懐かしい吉祥寺の台所でくり返し作られてきたものばかり。なんだか、それこそ、生い立ちの記のようになってしまいました。

落書きのような絵は、これまで料理本からエッセイ集、絵本に渡るまで、何冊も一緒に本作りをしてきたデザイナーの有山達也さんに見ていただきたいという願いだけで、ご迷惑を省みずに何十枚も送りつけてしまいました。有山さんの右腕の山本祐衣さんにもたいへんお世話になりました。

絵の描き方は、絵本作りの相棒でもある中野真典さんから教わりました。

「よく見て、なおみさんの目に映ったまま、ゆっくりと線を引いてください。できるだけひと筆で」

絵を描くのはたまらなく楽しい。時間を忘れてしまいます。

老眼鏡をはずし、腹ばいになって一心に描いている私は、見るもの、聞こえるもの、口に入るものすべてがみずみずしく新鮮だった、『たべもの九十九』にもたびたび登場する幼いのころのなーみちゃんそっくりです。

ところで、みなさんは五十音のなかのルがぬけている(ヲとンは仕方がないにしても)ことに気づかれたでしょうか。アから順を追って思いつくままに書いてきた私だけれど、じつはルでつまってしまいました。ルッコラやルイベは思い浮かぶのだけど、書きたい話がどうしても上ってこないのです。そういうときにはむりやり書かなくていいことに決めました。

欠け、ないものや、見えないもの、沈黙、すきまにこそ豊かなものがひそんでいる気がするので。

二〇一八年一月　海が光る冬の日に　高山なおみ

初出一覧

パン
2015年8月発行シアターコミュニケーションマガジン「座・高円寺」(NPO法人劇場創造ネットワーク)
P8〜9「パンのはなし」に加筆訂正しました

ロールキャベツ
「dancyu」2016年4月号　特集/いいレシピって、なんだ?(プレジデント社)
P30〜33「ロールキャベツ」に加筆訂正しました

高山なおみ　たかやま・なおみ

1958年静岡県生まれ。料理家、文筆家。『諸国空想料理店KuuKuuのごちそう』（筑摩書房）でデビュー。レシピ制作からエッセイの執筆まで幅広く活躍。著書に『帰ってから、お腹がすいてもいいようにと思ったのだ。』『たべるしゃべる』（共に文春文庫）、『押し入れの虫干し』『料理＝高山なおみ』（共にリトルモア）、『今日もいち日、ぶじ日記』『ロシア日記』（共に新潮社）、『気ぬけごはん』（暮しの手帖社）、『高山なおみのはなべろ読書記』（KADOKAWA）、『きえもの日記』『ココアどこ わたしはゴマだれ』（夫との共著、共に河出書房新社）、『実用の料理 ごはん』（京阪神エルマガジン社）、『野菜だより』『今日のおかず』『チクタク食卓（上・下）』『日々ごはん①〜⑫』『帰ってきた日々ごはん①〜③』（すべてアノニマ・スタジオ）ほか多数。近年は絵本制作にも取り組んでおり、画家・中野真典との共作として『どもるどだっく』（ブロンズ新社）、『たべたあい』（リトルモア）、『ほんとだもん』（BL出版）、『くんじくんのぞう』（あかね書房）がある。http://www.fukuu.com/

たべもの九十九《つくも》

2018年3月7日　初版第1刷発行

著者　高山なおみ

発行者　下中美都
発行所　株式会社平凡社
〒101-0051 東京都千代田区神田神保町3-29
電話　03-3230-6584（編集）
　　　03-3230-6573（営業）
振替　00180-0-29639
平凡社ホームページ　http://www.heibonsha.co.jp/
絵　高山なおみ
アートディレクション　有山達也
デザイン　山本祐衣（アリヤマデザインストア）
印刷　株式会社東京印書館
製本　大口製本印刷株式会社
編集　小出真由子（平凡社）

ISBN978-4-582-63221-7
NDC分類番号914.6
四六判（18.8cm）　総ページ240